动物庄园

Dongwu Zhuangyuan

[英] 乔治·奥威尔 著
振宇英语图书中心 译

北京时代华文书局

第一章

琼斯先生是曼纳庄园的主人,这天晚上,他已经锁好了鸡棚,但由于他喝得醉醺醺的,竟然不记得关上里面的那些小门。他提着马灯左摇右晃地穿过院子,马灯发出的光也跟着他一直不停地晃来晃去。到了后门,他把靴子踢下来,又从洗碗间的酒桶里抽出最后一杯啤酒,一饮而尽,然后才躺到床上。这时,床上的琼斯夫人已是鼾声如雷了。

卧室的灯光一熄灭,整个庄园里的窝棚就骚乱起来。还在白天的时候,庄园里就风传着一件事,说是老梅杰,就是那头得过"中等白鬃毛"奖的公猪,在前一天晚上做了一个奇怪的梦,想要讲给其他动物听。动物们都一致同意,等琼斯先生完全走开后,他们就到大谷仓内集合。老梅杰(他一直被这样称呼,尽管他在参加展览时用的名字是"威灵顿美男")在庄园里一直德高望重,所以大家都十分乐意牺牲一小时的睡眠来聆听他要讲的事情。

在大谷仓的一头一个稍微隆起的台子上,梅杰已经安稳地坐在铺了干草的床上了,在他头顶上方的房梁上悬挂着一盏马灯。他已经十二岁了，近来长得有些发福，但他依然是一头威风凛凛的猪，有着睿智而慈祥的面容。尽管事实上他的犬牙从来没有被切割过。不一会儿，其他动物们开始陆续到达，并按各自不同的方式安坐了。最先到来的是三条狗，分别是布鲁贝尔、杰西和平彻，随后进来的是几头猪，他们立即安坐在台子前面的稻草上。母鸡栖在窗台上，鸽子扑腾着飞上了房梁，羊和牛躺在猪后面并开始咀嚼反刍的食物。两匹拉货车的马，博克瑟和克洛弗，一起走进来了，他们走得非常慢，在落下那巨大的毛乎乎的蹄子时，他们总是小心翼翼，以免草堆里藏着什么小动物。克洛弗是一匹粗壮而慈爱的母马，快到中年了。在她生下了第四个马驹后，再也没能恢复原来的体形。博克瑟是一匹体形庞大的马，有 1.83 米的个头，强壮得顶过任何两匹普通的马。不过，一道直达鼻子的白毛，使他看起来有些傻傻的。实际上，他确实没有一流的智商，但他坚忍不拔的性格和干活时那股十足的劲头，使他赢得了普遍的尊敬。跟在马后面的是白山羊穆丽尔，还有那头驴——本杰明。本杰明是庄园里最年长的动物，脾气也最坏，他很少说话，只要一说，就少不了说一些冷嘲热讽的话。比如，他会说上帝给了他尾巴是用来驱赶苍蝇的，但他却宁愿没有尾巴也没有苍蝇。庄园里的动物中,唯独他从来没有笑过,如果问为什么,他会说他没有看见什么值得好笑的。然而尽管没有公开承认,他对博克瑟却是十分真诚的。他俩通常总是一起在果园那边的小牧场上消磨星期天,肩并着肩吃草,从不说话。

这两匹马刚躺下,一群失去了妈妈的小鸭子鱼贯而入进了大谷仓,他们无力地叫着,东张西望,想找一处不会被踩到的地方。克洛弗用她粗壮的前腿像墙一样把他们围住,小鸭子们在里面互相偎依着,很快就睡着了。莫莉直到最后时刻才来,这个愚蠢的家伙,长着一身漂亮的白毛,她是一匹母马,拉琼斯先生的轻便双轮马车的。她故作娇态扭着腰肢走进来,嘴里还嚼着一块方糖。她找了个靠前的位置,就开始卖弄风情抖动起她的白鬃毛,试图吸引大家注意那些扎在鬃毛上的红饰带。猫是最后一个来的,她像往常一样,四处张望寻找最暖和的地方,终于在博克瑟和克洛弗之间把自己挤了进去。在梅杰讲演时,她在那儿自始至终都得意地发出"咕咕噜噜"的声音,根本就没听进梅杰讲的一个字。

所有的动物都已到场,除了摩西——那只被驯服了的乌鸦。摩西在后门背后的横杆上睡着了。梅杰看到他们都

舒舒服服地坐好了,并聚精会神地等待着,他便清了清嗓子,开口说道:

"同志们,你们已经听说我昨晚做了一个奇怪的梦,但我想稍后再提那个梦。我想先说点别的事。同志们,我想我和你们在一起待不了多长时间了。在我临死之前,我觉得有责任把我已经获得的智慧传授给你们。在我漫长的一生中,当我独自躺在圈里时,我有很多时间思考,我想我能够说,如同现在所有活着的任何一个动物一样,我明白了在这世上活着的本质。这就是我想要给你们讲的问题。

"那么,同志们,我们这种生活的本质是怎样的呢?让我们直面它吧:我们的一生是痛苦的、艰辛的、短暂的。一生下来,我们得到的食物仅仅使我们维持生存而已,但是,只要我们还有一口气,便会被驱赶着去干活,直到耗尽最后一丝力气,一旦我们的使用价值没有了,我们就会被极其残忍地屠杀。在英格兰,没有动物在一岁之后知道幸福或悠闲的含义。在英格兰,没有动物是自由的。动物的一生是痛苦不堪的、备受奴役的,这是一个简单明了的事实。

"但是,这完全是与生俱来的吗?那些居住在这里的动物不能过上体面的生活,是因为我们这块土地太贫瘠了吗?不,同志们,一千个不!英格兰土地肥沃,气候宜人,它可以提供丰富的食物，可以养活的动物数量比现在在此居住的动物要多得多。单就我们这个庄园来说，就可以养活十二匹马、二十头牛和数百只羊——而且他们会过得多么舒适，多么体面，那是我们无法想象的。那么，我们为什么会一直在这种悲惨的境况下呢？这是因为，我们所有的劳动所得几乎都被人类窃取了。同志们，这就是我们所有问题的答案，我把它归纳为一个字——人。人是我们唯一的真正的敌人。把人从我们的生活中消除掉，饥饿与过度劳累的根源就会永远消除。

"人是所有生灵中只会消耗不会生产的。人不会产奶，也不会下蛋，瘦弱得连犁也拉不动，跑得也不快，连个兔子都逮不住。可人却是所有动物的主宰，他驱使动物们去干活，给的报偿却少得不能再少，仅够动物们糊口不被饿死而已。而人却把动物们劳动所得的其余的一切都据为己有。是我们辛苦耕耘这块土地，是我们的粪便使土地肥沃，可我们自己除了这一副空皮囊之外，什么都没得到！你们这些坐在我面前的奶牛，去年一年里，你们已产过数千加仑的奶啊！那些本来可以喂养出许多强壮牛犊的奶都到哪里去了呢？每一滴都流进了我们敌人的喉咙里。还有你们这些母鸡，在过去一年里，你们已下了多少只蛋呢？这些蛋又有多少孵成了小鸡呢？那些没有孵化的鸡蛋都被拿到市场上为琼斯和他的伙计们换成了钞票。你呢，克洛弗，你生的四匹小马驹到哪儿去了？他们本来是你晚年的依靠和安慰！而他们却都在一岁时被卖掉了——你永远也无法再见到他们了。补偿给你这四次分娩和在地里劳作的，除了那点少得可怜的口粮和一间马厩外，你还得到什么呢？

"即便是过着这样悲惨的生活，我们也不能被允许自然地走到生命的尽头。拿我自己来说，我没什么可抱怨的，因为我算是这其中幸运的一个。我十二岁了，已经有了四百多个孩子，这对一头猪来说是合乎自然的生活。但是，没有动物最终能逃过那残忍的屠刀。你们这些坐在我面前的小肉猪们，不到一年，你们都将在刀架上尖叫着丢掉性命。这种恐怖我们都会遭遇——牛、猪、鸡、羊等等，每一位都难以逃脱。即便是马和狗也没有更好的命运。你，博克瑟，有朝一日你那强健的肌肉失去了力气时，琼斯就会把你卖给屠马商，屠马商会割断你的喉咙，把你煮了给猎狐犬吃。至于狗呢，等他们老了，没有牙齿了，琼斯就会系块砖头在他们的脖子上，把他们沉到最近的池塘里。

"那么，同志们，我们这种生活的苦难完全来自人类的暴虐统治，这一点难道不是十分清楚吗？只要驱除了人类，

Animal Farm
动物庄园

Animal Farm 动物庄园

我们的劳动成果就会全归我们自己所有,而且几乎在一夜之间,我们就会变得富有而自由。那么我们应该做些什么呢?毫无疑问,为了推翻人类,必须夜以继日全心全意地工作!同志们,我要告诉你们的就是这个信息——反抗!我不知道反抗会在何时发生,也许近在一周之内,也许在百年之后。但我坚信,就像看到我脚底下的稻草一样确信无疑,正义迟早要伸张。同志们,在你们整个短暂的余生中,要把目光集中在这个目标上!最重要的是,把我的这一信息传给你们的后代,这样,未来一代一代的动物就会继续这一斗争,直到取得胜利。

"记住,同志们,你们决不能动摇,决不能让任何花言巧语把你们引入歧途。当他们告诉你们,人与动物有着共同的利益,一方的繁荣兴盛就是另一方的繁荣兴盛,千万不要听信那种话,那全是谎言。人只为他自己的利益服务,此外别无他有。让我们在斗争中团结一致,情同手足。所有的人都是敌人,所有的动物都是同志。"

就在这时,出现一阵大规模的骚乱。刚才,在梅杰讲话时,有四只大老鼠爬出洞口,后腿蹲坐在地上听他演讲。几条狗突然看见大老鼠,幸亏大老鼠迅速窜回洞里,才得以保命。梅杰抬起前蹄,示意大家安静。

"同志们",他说,"这里有一点必须弄清楚。野生的生灵,比如老鼠和兔子——他们是我们的朋友还是敌人?让我们表决一下吧,我把这个问题提交给大会:老鼠是同志吗?"

表决立即进行,压倒多数的动物都同意老鼠是同志。只有四个不赞成,他们是三条狗和一只猫。后来才发现猫其实投了两次票,包括反对票和赞成票。梅杰继续说道:

"我没什么可说的了。我只是重申一下,永远记住你们的责任,那就是与人类及其举止行为誓不两立。凡是靠两条腿行走的都是敌人,凡是靠四肢行走的,或者有翅膀的,都是朋友。而且还要记住:在与人类的斗争中,我们切不可模仿他们。即使是你已经征服了他的时候,也决不沿用他的恶习。任何动物都禁止住在房屋里,禁止睡在床上,禁止穿衣、喝酒、抽烟,禁止接触钞票,从事交易。人的所有习惯都是邪恶的。而且,最重要的是,任何动物都不能欺压自己的同类。不论瘦弱的还是强壮的,聪明的还是愚笨的,我们都是兄弟。任何动物都不得杀害其他动物。所有的动物都是平等的。

"现在,同志们,我来告诉你们关于昨晚的梦。我无法把那个梦给你们描述出来。那是一个当人类消失的时候未来世界的梦想。但它让我想起一些我忘记很久的事情。很多年以前,当我还是一头小猪时,我母亲和其他母猪经常唱一首古老的歌。那首歌,连她们也就只知道曲调和前三句的歌词。我很小的时候就熟悉那曲调了,但我也忘记很长时间了。可是就在昨天晚上,它又回到我的梦里,更重要的是,这首歌的歌词也在梦中出现了——这歌词,我敢肯定,就是很久以前被动物们传唱的,而且已经失传了很多代了。现在我就把那首歌唱给你们听,同志们。我老了,声音也沙哑了,但等我把你们教会了,你们会唱得更好的。这首歌叫《英格兰动物》。"

老梅杰清了清嗓子就开始唱了起来,正如他所说的,他的声音沙哑,但唱得很不错。那首歌曲调激动人心,旋律有点介于《克莱门蒂娜》和《拉·库卡拉查》之间。歌词是这样的:

英格兰动物,爱尔兰动物,
普天之下的动物,
倾听我喜悦的消息,
那金色未来的时光。
那一天迟早要到来,
暴虐的人类终将被推翻,

英格兰的富饶大地，
将只由动物踏上。
铁环将从我们的鼻中消失，
鞍具将从我们的背上撤下，
马蹶子、马刺将会永远锈蚀，
不再有残酷的鞭子噼啪抽闪。
那难以想象的富有生活，
小麦和大麦，干草和燕麦，
苜蓿、大豆还有甜菜，
到那一天将全归我们所有。
阳光普照英格兰大地，
水将更纯净，
风也更柔和。
到那一天我们将获得自由。
为了那一天我们都必须奋力前进，
即便那一天到来之前我们已经死去，
牛和马，鹅和鸡，
为自由须辛勤劳作。
英格兰动物，爱尔兰动物，
普天之下的动物，

倾听我喜悦的消息，
那金色未来的时光。

　　唱着这支歌，动物们陷入了狂热的亢奋之中。几乎还没有等梅杰唱完，他们便开始自己唱了。甚至连最笨的动物也已经学会了曲调和少数歌词。至于聪明一些的，像猪和狗，几分钟内就把整首歌全部记住了。然后，他们经过几次初步尝试，就以惊人一致的合唱声迸发出来，《英格兰动物》的歌声响彻整个庄园。牛哞哞地低叫，狗汪汪地呜咽，羊咩咩地叫，马嘶嘶地鸣，鸭子嘎嘎地喊。他们唱着这首歌是如此高兴，足足连着唱了五遍，如果不是中途被打断，他们真有可能唱个通宵。

　　不幸的是，喧闹声把琼斯先生吵醒了，他从床上跳下来，想确认院子里是否有狐狸。他拿起那支总是放在卧室角落里的猎枪，对着黑暗处开了一枪，一颗六号子弹射进大谷仓的墙里。会议匆匆结束。大家都逃回自己的窝棚。鸟儿们跳上了他们的栖木架，牲畜们卧倒在草堆里，整个庄园立即沉睡了。

第二章

三天之后,老梅杰在睡梦中安详地死去。他的遗体被埋在果树林脚下。

这是三月初的事。在接下来的三个月里,有很多秘密活动。梅杰的演讲给庄园里那些比较聪明的动物带来了一个全新的生活观念。他们不知道梅杰预言的反抗什么时候才能发生,他们也无法想象反抗会在他们有生之年到来,但他们清楚地知道,为此做准备就是他们的责任。教育和组织其他动物的工作,自然就落到了猪的身上,猪被一致认为是动物中最聪明的。而其中最出类拔萃的是两头年轻的公猪,名字叫作斯诺博尔和拿破仑,他们是琼斯先生喂养来卖的。拿破仑是头体型庞大、长相有点儿凶狠的伯克郡公猪,也是庄园中唯一的伯克郡种,他不太爱说话,但却以固执己见而闻名。斯诺博尔比拿破仑要活泼得多,口齿伶俐,也更有创造性,但大家觉得他的性格没有拿破仑那么沉稳。庄园里其他所有公猪都是肉猪。他们中最有名的是一头矮小而肥胖的猪,名叫斯奎拉。他有着圆滚滚的脸颊,忽闪忽闪的眼睛,敏捷的动作,尖细的声音,他是位杰出的演说家。当他在争辩一些比较难的论点时,他习惯于来回跳个不停,同时还不停地甩动着尾巴。而这一方法莫名其妙地非常有说服力。其他动物说起斯奎拉时,都认为他能把黑的说成白的。

这三头猪详细阐述了老梅杰的教导,并发展成一套完整的思想体系,把它命名为"动物主义"。一周有几个晚上,等琼斯先生睡觉后,他们就在大谷仓里举行秘密会议,向其他动物详细解释动物主义的本质。一开始,他们就遭遇到了很多愚昧和冷漠。有些动物,有一些还大谈对琼斯先生效忠的义务,把他称作"主人",或者提出一些很幼稚的看法,例如"琼斯先生喂养我们,如果他走了,我们会饿死的"。其他动物还问到这样的问题:"我们为什么关心我们死后发生的事情?"或者"如果起义是注定要发生的,那我们干不干又有什么区别呢?"为了让他们明白这些说法是与动物主义精神背道而驰的,猪费了很大的劲儿。所有那些最愚蠢的问题都是那匹白母马莫莉提出来的,她向斯诺博尔问的第一个问题就是:"起义以后还仍然有糖吗?"

"没有,"斯诺博尔坚定地说,"我们没有办法在这个庄园制糖,而且,你不需要糖。你将会拥有你想要的所有燕麦和干草料。"

"那我还被允许在鬃毛上扎饰带吗?"莫莉问。

"同志,"斯诺博尔说,"那些你如此深爱的饰带是奴隶的标记。你难道不明白自由比饰带更有价值吗?"

莫莉同意了,但她听起来并不十分信服。

猪有一件更棘手的事情,是平息那只驯服了的乌鸦摩西散布的谎言。摩西,这个琼斯先生的特别宠物,是一个喜欢刺探消息、散布谣言的家伙,但他还是个精明的说客。他声称他知道有一个叫作"糖果山"的神秘国度存在,那里是所有动物死后要去的地方。它位于天空中的某个地方,离云层不远。摩西说,在糖果山,每周七天,都是星期天,一年四季都有当令的苜蓿,在那里,方糖和亚麻子饼就长在树篱上。动物们讨厌摩西,是因为他光说闲话不干活,但有些动物也相信糖果山的存在。所以,猪不得不努力去说服,以让动物们相信根本就没有那样的地方。

他们最忠实的信徒是那两匹拉货车的马——博克瑟和克洛弗。对他们俩来说,靠自己想通任何问题都有很大的困难。但他们一旦把猪认作导师,他们便吸收了猪教给他们的一切东西,还通过一些简单的论证把它传授给其他的动物。他们也从不缺席大谷仓里的秘密会议。而且每当会议结束时，他们都带头唱起《英格兰动物》。

现在，结果证明，起义实现了，比任何一个动物所预期的都要早，也更顺利。在过去的许多年里，琼斯先生尽管是个冷酷无情的主人，但他还算是一位能干的庄园主，可是最近，他正陷入时运不济的境遇中，自从在一场官司中赔了钱，他变得更加灰心丧气，于是拼命地喝酒。有一段时间，他整天懒洋洋地躺在厨房里的温莎椅上，看看报纸，喝喝酒，偶尔把干面包片在啤酒里蘸一下喂给摩西吃。他的伙计们也无所事事，奸诈滑头。田地里长满了野草，窝棚顶棚也需要修理，树篱无人照管，动物们经常挨饿。

六月来了，牧草快要收割了。在仲夏夜前夕的一个星期六，琼斯先生去了威灵顿，在红狮酒吧喝得烂醉如泥，直到星期天正午时分才回来。他的伙计们大清早挤完了牛奶，就跑出去打兔子了，没有操心给动物喂食。而琼斯先生一回来，就在客厅的沙发上睡着了，把一张《世界新闻》报盖在他的脸上。所以一直到晚上，动物们还没有人喂。最后他们再也忍受不了了，有一头母牛用角撞开了贮藏室的门，于是，所有的动物一拥而上，各顾各从饲料箱里抢食物。就在这时，琼斯先生醒了。不一会儿，他和他的四

Animal Farm
动物庄园

Animal Farm 动物庄园

个伙计手里拿着鞭子来到贮藏室，上来就四处抽鞭子。饥饿的动物哪还受得了这个，尽管事先没有任何策划，但都不约而同地挥舞着冲向这些折磨他们的人。琼斯和他的伙计们突然发现他们自己四面受敌。被抵撞，被踢打，形势完全失去了控制。他们之前还从没见到动物们有过这样的行为，这一突如其来的暴动吓得他们几乎不知所措，他们曾经总是随心所欲地鞭打和虐待这一群牲畜！仅一会儿工夫，他们就放弃自卫，撒腿儿就跑。又过了一会儿，他们五个人沿着小道全速向大路逃窜，动物们在后面乘胜追击。

琼斯夫人透过卧室的窗户看到发生的一切，匆忙把一些细软塞进一个毛毡手提包里，从另一条路溜出了庄园。摩西从他的木架子上跳起来，扑打着翅膀跟在琼斯夫人后面，呱呱地大声叫着。这时，动物们已经把琼斯和他的伙计们赶到外面的大路上，然后砰的一声关上有五道闩的大门。就这样，在他们几乎还不清楚发生了什么时，起义已经成功完成了：琼斯被赶走了，曼纳庄园是他们的了。

刚开始几分钟，动物们简直不相信他们的好运气。他们第一件事就是沿着庄园的边界飞奔着绕了一圈，仿佛是要彻底证实一下没有任何人藏在庄园里了。接着，又跑回庄园的窝棚里，把那些属于琼斯的可恶统治的最后痕迹都消灭掉。马厩尽头的马具棚被砸开了,马嚼子、鼻环、狗链子,以及琼斯先生过去常用来阉猪、阉羊的残暴的刀子,统统被丢到井里了。缰绳、笼头、眼罩和有损体面的挂到马等脖子上的饲料袋,全都扔到院子里正在燃烧的垃圾上烧了。鞭子也一样。当看到鞭子在火焰中烧起来,动物们都欢呼雀跃起来。斯诺博尔把饰带也扔进火里,那些饰带是过去通常在赶集时扎在马鬃和马尾上的。

"饰带,"他说,"应该被视同衣服,这是人类的标记。所有动物都应该赤身裸体。"

博克瑟听到这里,便把他夏天戴的一顶小草帽也拿来,这是他夏天带着防止苍蝇钻入耳朵里的,他把它和别的东西一起扔到火里。

不一会儿,动物们便毁掉了能让他们想到琼斯先生的一切东西。然后,拿破仑率领他们回到贮藏室里,给大家分发了双份谷物,给每条狗发了双份饼干。接着,他们从头至尾接连唱了七遍《英格兰动物》。然后安顿下来,舒服地睡了一夜,好像他们之前从来没有睡过觉似的。

但他们还是像往常一样在黎明时醒来,突然想起已经发生了的光辉事迹,他们全都跑出来,一起冲向牧场。通往牧场的小路上,有一座小山,从那里可以一览大半个庄园的景色。动物们冲到小山顶上,在清新的晨光中四处凝望。是的,这是他们的——他们所看到的一切都是他们的!想到这里,他们一阵狂喜,兜着圈子雀跃耍闹,在极度兴奋中,他们猛地蹦到空中。他们在露水上打滚,大口大口地咀嚼甜美的夏季牧草;他们踢开黑黝黝的土块,吮吸泥块中浓郁的香味。然后,他们巡视了整个庄园,在无声的赞叹中参观了耕地、牧草地、果树林、池塘和树丛,好像他们之前从来没有见到过这些东西一样。即便是现在,他们还是很难相信这一切都归他们所有。

后来,他们列队返回庄园的窝棚,到了农舍门外,他们停下来,静静地站在那里。这也是他们的,但他们却担惊受怕不敢进去。过了一会儿,斯诺博尔和拿破仑用肩把门撞开,动物们才成一列纵队进入,他们小心翼翼地走着,唯恐惊扰了什么。他们踮着脚尖从一个房间走到另一个房间,大家都噤若寒蝉,以一种敬畏的眼光凝视着这难以置信的奢华,床上那些用它们的羽毛制成的被褥、镜子、马鬃沙发,还有布鲁塞尔地毯,以及放在客厅壁炉架上的维多利亚女王的石版画像。当他们心满意足地下楼,发现莫莉不见了。他们再返回去,才发现她仍然待在后面一间最好的卧室里。她从琼斯夫人的梳妆台上拿了一条蓝饰带,把它举在肩上来回比画，那种对着镜子自我陶醉的样子十分愚蠢。其他动物严厉地斥责了她，接着大家走了出来。挂在厨房里的一些火腿也被拿出去埋了，洗碗间的啤酒桶被博克瑟的蹄子踢了个洞。除此之外，房屋里的任何其他东西都没有动过。动物们当场一致通过了一项决议：农舍应作为博物馆保存起来。大家全都赞成：任何动物都不得居住在那里。

动物们吃过早餐，斯诺博尔和拿破仑再次把他们召集在一起。

"同志们"，斯诺博尔说，"现在是六点半，我们还有整整一天。今天我们开始收割牧草，但还有另外一件事情必须先注意一下。"

猪现在才透露，在过去的三个月中，他们从一本旧的拼读书本上自学了阅读和书写。那本书曾是琼斯先生的孩子们的，之前被扔到垃圾堆里。拿破仑派人拿来几桶黑漆和白漆，带领大家来到朝着大路的五道闩的大门。接着，斯诺博尔（因为他最擅长书写）用蹄子的两个趾头夹起一支刷子，涂掉了大门顶端木闩上的"曼纳庄园"几个字，又在那上面写上"动物庄园"。这就是庄园从今以后的名字。干完这之后，他们又回到窝棚，斯诺博尔和拿破仑又派人拿来一架梯子，并把梯子支在大谷仓的墙头。他们解释说，

Animal Farm
动物庄园

————*Animal Farm* | 动物庄园————

通过过去三个月的研究，他们已经成功地把动物主义的原则简化为"七戒"，现在这"七戒"将要题写在墙上，它将成为不可更改的法律，在今后的生活中，动物庄园的所有动物都必须以它为准则。斯诺博尔费了好大的劲儿才爬了上去（因为对于猪来说，在梯子上保持平衡可不是一件容易的事）并开始忙乎起来，斯奎拉在比他低几格的地方端着油漆桶。在刷过柏油的墙上，用巨大的字体写着"七戒"。字是白色的，在三十码远的地方都能看到。它们是这样写的：

七戒

1. 凡是靠两条腿行走的都是敌人。
2. 凡是靠四肢行走的，或者长翅膀的，都是朋友。
3. 任何动物都不得穿衣。
4. 任何动物都不得睡床。
5. 任何动物都不得饮酒。
6. 任何动物都不得杀害其他动物。
7. 所有动物一律平等。

"七戒"写得十分整齐，除了把朋友"friend"写成了"freind"，以及其中有一处"s"写反之外，其余全部拼写正确。斯诺博尔把它大声念给下面其他的动物听,所有动物都点头完全赞同。而那些较为聪明的动物则立即开始背诵"七戒"。

"现在,同志们,"斯诺博尔扔下油漆刷子大声说道,"到牧场上去!我们去收割牧草,一定要比琼斯和他的伙计们干得更快,这是关系到我们脸面的事情。"

但就在这时刻,早已有好大一会儿显得很不自在的三头母牛哞哞地大声叫起来。已经有二十四个小时没给她们挤奶了。她们的乳房快要胀破了。猪们稍加思考,让其他动物取来奶桶,相当顺利地给母牛挤了奶,他们的蹄子十分适合干这个活儿。不一会儿,猪们就挤满了五桶泛着泡沫的乳白色牛奶,许多动物饶有兴趣地看着奶桶中的奶。

"这些牛奶可怎么办呢?"有一个动物问。

"琼斯过去常常给我们的饲料中掺一些牛奶,"一只母鸡说道。

"别担心牛奶了,同志们!"站在奶桶前的拿破仑大声喊道,"牛奶会被照看好的,收割牧草更重要,斯诺博尔同志带路,我随后就来。前进,同志们!牧草在等着呢!"

于是,动物们成群结队地走向大牧场,开始收割。当他们晚上回来的时候,大家注意到牛奶已经不见了。

第三章

　　为了收割牧草,他们吃了多少苦,流了多少汗!但他们的努力得到了回报,因为这次丰收是一次巨大的成功,甚至比他们之前期望的还要大。

　　有时候这些活儿很艰苦:这些工具是为人类设计的,而不是为动物。一个很大的劣势是,没有一个动物会使用那些需要靠两条后腿站着才能操作的工具。但是猪很聪明,他们能想出圆满解决每个困难的办法。至于马,他们对每一寸土地都了如指掌,实际上,他们对割草和耕地这类活儿比琼斯和他的伙计们要精通得多。实际上,猪并不干活,只是指挥和监督其他动物。他们凭着出众的学识,自然而然担当了领导工作。博克瑟和克洛弗给自己套上割草机或者马拉耙机(当然,这些日子根本不需要马嚼子或者缰绳),迈着稳健的步伐,一圈一圈地在地里行进,猪跟在后面,视情况不同,不时吆喝一声"快点儿,同志!"或者"吁,回来,同志!"在翻草和堆积牧草时,每个动物甚至是最不起眼的动物也都极尽所能。就连鸭子和母鸡也整天在太阳底下来回跑着,用它们的嘴巴衔着一小撮牧草。最后,他们完成了收割,比琼斯和他的伙计们过去干活的时间少了整整两天!而且,这是庄园里前所未有的最大的一次丰收,没有半点浪费。母鸡和鸭子凭他们锐利的目光把草梗草叶都收集起来了。庄园上也没有一个动物偷吃过一口牧草。

整个夏天,庄园里的工作像钟表一样进展得有条不紊,动物也都幸福快乐,这一切,是他们之前都不敢想的。如今,每一口食物都是一种无比的享受,因为这真正是他们自己的食物,是他们为自己生产的,不是靠吝啬的主人施舍给他们的。尽管动物们缺乏经验,但随着那些无用的寄生人类的离去,每一个动物便有了更多的食物,也有了更多的闲暇。他们遇到过很多困难,例如,这年年底,他们收割谷物的时候,由于庄园里没有打谷机和脱粒机,他们得用那种古老的方式,把谷粒踩下去,用嘴吹气把谷壳吹掉。猪的聪明和博克瑟的巨大力量总能使他们渡过难关。大家都对博克瑟钦佩不已。即使在琼斯时期,他也一直是个勤劳的好劳力,而现在,他更是一个顶三个。有一段时间,好像庄园里所有的活儿都落在了他那强劲的肩膀上。从早到晚,他不停地拉呀推呀,总是出现在工作最艰苦的地方。他早就和一只小公鸡约定，每天早上，小公鸡提前半小时叫醒他，在正式上工之前先干一些义务活儿，而这些活看起来也是最急需的。无论遇到什么困难和挫折，他的回答总是："我会更加努力工作！"——这句话已被他当作座右铭。

但是，每只动物都量力而行地工作，比如母鸡和鸭子，收获时单靠他们捡拾散落的谷粒，就节约了五蒲式耳的谷物。没有谁偷吃，也没有谁为自己的口粮份额抱怨，过去那些司空见惯的争吵、咬斗和嫉妒也几乎消失殆尽。没有谁偷懒——或者说几乎没有。不过，莫莉不适应在早晨起床，这倒是真的。她还有一个坏毛病，常常借故蹄子里夹了个石子，便丢下地里的活，早早溜走了。猫的表现也多少有些奇怪。每当有活干的时候，大家马上就发现怎么也找不到她了。她会连续几小时都消失不见踪影，直到吃饭时，或者晚上收工后，才若无其事地再出现。可是她总有极好的理由，呜呜地说着，充满深情，谁也没法怀疑她良好的意图。老本杰明，就是那头驴，起义后似乎没有什么改变。他干活还是慢条斯理、倔强顽固，和在琼斯时期一样，他从不会偷懒，也从不义务干额外的工作。对于起义和起义的结果，他也不发表意见。谁要问他是否为琼斯的离去而感觉更快乐,他就只说:"驴都长寿,你们都还没有见过死驴呢"。面对他那神秘的回答,其他动物只好作罢。

星期天没有活儿,早餐比平时晚了一个小时,早餐之后有一个仪式要举行,每周都不例外。先是升旗,这面旗帜是斯诺博尔以前在马具室里找到的一块绿色的旧桌布,是琼斯夫人的,上面用白漆画了一只蹄子和一只犄角,每个星期天的早晨,这面旗帜就在庄主院花园的旗杆上升起。斯诺博尔解释说,旗帜是绿色的,代表英格兰绿色的田野。而蹄子和犄角象征着未来的动物共和国,这个共和国将在人类最终被推翻时诞生。升旗结束后,所有动物都列队走进大谷仓,参加一个名为"集会"的全体大会。在这里将规划出下周的工作,提出和讨论各项决议。总是由猪来提出决议,其他动物知道怎样投票,但从未考虑提出自己的议案。而斯诺博尔和拿破仑是目前为止讨论最为活跃的。但显然,他们俩从来都是意见不一致,无论其中一个建议什么,另一个肯定会反对。甚至对已经通过的议题——例如把果园后面的小牧场留给年老体衰的动物做养老休息之用——这件事本身谁都不反对,但他们却在为各类动物确定退休年龄上,也有一番暴风雨般的激烈争论。集会总是伴随着《英格兰动物》的歌声结束,下午是娱乐时间。

猪已经把马具室当作他们自己的指挥部了。一到晚上，他们就在这里，从那些在庄主院里拿来的书上学习打铁、木工和其他必备的技艺。斯诺博尔自己还忙于组织其他动物参加他所谓的"动物委员会"。他对这个乐此不疲，他为母鸡设立了"产蛋委员会"，为牛设立了"清洁尾巴联盟"，还设立了"野生同志再教育委员会"（这个委员会的目的在于驯化老鼠和兔子），又为羊发起了"让羊毛更白运动"，等等；此外，还创立了一个读写班。总之，这些活动都失败了，比如，驯化野生动物的企图几乎立即流产了。这些野生动物的行为举止一如从前，要是对他们宽宏大量，他们就趁机钻空子。猫参加了"再教育委员会"，有那么几天表现得非常活跃。一天，她被看见坐在窝棚顶上和一些麻雀说话，那些麻雀刚好在她够不着的地方。她告诉麻雀，所有的动物现在都是同志，任何麻雀，只要愿意，都可以到她的爪子上来栖息，但麻雀们还是和她保持距离。

然而，读写班却是一个巨大的成功。到了秋季，庄园上的每一只动物都一定程度上扫盲了。

对于猪来说，他们已经能够娴熟地读和写了。狗在阅读上也学得相当不错，但他们除了只读"七戒"之外，对其他任何东西都不感兴趣。山羊穆丽尔在某种程度上读得比狗还要好，她还经常在晚上把从垃圾堆里找来的剪报读给其他动物听。本杰明读得不比任何猪逊色，但从不发挥他的能力。他说，据他所知，还没有什么值得读的东西。克洛弗学会了全部的字母，但是不会把字母放在一起拼成单词。博克瑟学到的字母没有超过 D，他会用巨大的蹄子在尘土上写出 A、B、C、D；然后，站在那里，盯着那些字母，耳朵往后贴着，还不时抖动一下额毛，竭尽全力地想下一个字母，可怎么也想不起来。有好几次，真的，他确实学到了 E、F、G、H，但等他学会了这几个字母，又总是发现他已经忘了 A、B、C、D。最后，他决定满足于前四个字母，并每天坚持写一两遍，以加强记忆。莫莉拒绝学习任何东西，除了拼写她自己的名字的那六个字母外。她会用几根细嫩的树枝，把她名字非常整齐地摆出来，然后用一两朵花装饰一下，再绕着它们走几圈，赞美一番。

庄园里的其他动物学会了字母 A，就没能继续学会下一个字母了。另外还发现，那些比较笨的动物，比如羊、母鸡、鸭子等，都没能熟记"七戒"。经过反复思考，斯诺博尔宣布"七戒"实际上可以简化为一条准则，那就是"四条腿好，两条腿坏"。他说，这条准则包含了动物主义的基本原则。无论是谁，只要完全掌握这个准则，便可以免受到人类影

Animal Farm
动物庄园

—— *Animal Farm* | 动物庄园 ——

响的伤害。起初，鸟类们都反对，因为他们好像也只有两条腿，但斯诺博尔向他们证明其实并非如此。

"同志们，"他说道，"鸟类的翅膀，是一种向前推进的器官，而不是用来操控的，因此，它应当被看作是腿。而人的区别性特征是手，那是他们作恶多端的工具。"

对于斯诺博尔的这番长篇大论，鸟类们并没有明白，但他们接受了斯诺博尔的解释。同时，所有这类较低等的动物，都开始用心背诵这一新准则。"四条腿好，两条腿坏"还被题写在大谷仓一端的墙上，位于"七戒"的上方，字体还要大些。羊一旦把这个准则熟记于心之后，就越发喜欢。他们经常一躺在地里时，就咩咩地叫着："四条腿好，两条腿坏！四条腿好，两条腿坏！"一叫就是几个小时，一点也不厌烦。

拿破仑对斯诺博尔的委员会毫无兴趣。他说，比起为那些已经长大的动物做任何事，年轻一代的教育更重要。碰巧，杰西和布鲁贝尔在收割牧草后不久就都下崽了，她们生下了九只强壮的小狗。这些小狗一断奶，拿破仑就把它们从母亲身边带走了，说是要为他们的教育负责。他把他们带到一间阁楼上，那间阁楼只能通过马具室里的一架梯子才能上去。他们处于这样的隔离状态中，庄园里其他

第四章

到了这一年夏末,有关动物庄园所发生的事情的消息,已经传遍了半个郡县。每天,斯诺博尔和拿破仑都要放出几群鸽子。按照指令,鸽子要混进邻近庄园的动物中,告诉他们起义的事,教他们唱《英格兰动物》。

这段时间,琼斯先生把大部分时间都泡在威灵顿的红狮酒吧了。只要有人愿意听,他就诉说自己遭遇的巨大不公,竟然被一群无用的畜生赶出自己的庄园。别的庄园主基本上都同情他,但一开始并没有给他多大的帮助。他们每个人都在心里暗暗盘算,看是否能从琼斯的不幸中多少给自己捞些好处。幸运的是,与动物庄园毗邻的两个庄园的庄园主长期以来关系一直不好。一个叫作福克斯伍德庄园,这个庄园很大,但却疏于照管,是个老式的庄园。庄园里杂树丛生,牧场荒芜,树篱也无人修剪。庄园主皮尔金顿先生是一位随和的乡绅,根据季节不同,他把大部分时间都花在钓鱼或打猎上。另一个叫作平奇菲尔德庄园,面积小一点，但照管得很好。它的主人是弗雷德里克先生，一个粗暴而精明的人，却总是被卷进官司中，以斤斤计较而出名。这两个人彼此都不喜欢对方，所以他们很难达成任何协议，即便是在保护他们自身利益的时候。

尽管如此，他们俩都被动物庄园的起义行动彻底吓坏了，他们非常急切地要防止他们自己庄园里的动物获悉这方面的消息。刚开始，他们对动物们自己管理庄园的想法故作嘲笑和蔑视。他们说，整件事两周内就会结束。他们散布说，曼纳庄园（他们坚持称之为"曼纳庄园"，因为他们不能容忍"动物庄园"这个名字）的动物之间总是不停地打斗互殴，而且很快就要饿死了。过了一段时间，很显然那里的动物并没有饿死，弗雷德里克和皮尔金顿就改了腔调，开始说什么可怕的邪恶在动物庄园泛滥。据说那里的动物蚕食同类，互相用烧得通红的马蹄铁拷打折磨，还共同霸占他们中的雌性动物。弗雷德里克和皮尔金顿说，这就是违背自然法则起来造反的结果。

然而，这些说法谁也没有完全相信。这样一座奇妙庄园的谣言一直流传着，在那里人类被赶走，动物们掌管自己的事务，这些谣言继续以模糊的、被扭曲的形式流传着。那一整年，起义的浪潮传遍了乡野：一向温顺的公牛突然之间变野了,羊毁坏了树篱,吞食了苜蓿,母牛踢翻了奶桶,猎马拒绝越过围栏而把背上的骑手甩到了另一边。最重要的是,《英格兰动物》的曲子甚至歌词已经无处不知了,它以惊人的速度流传着。尽管人类听到这首歌时怒不可遏,但他们装作不屑一顾,认为它滑稽可笑。他们说,他们不能理解,怎么连畜生们也能唱这样下流的垃圾小调。凡是唱这首歌而被逮住的动物,当场就会被鞭打一顿。可这首歌还是不能被压制住,乌鸦在树篱上吹着口哨唱着,鸽子在榆树上咕咕地唱着;歌声渗入铁匠铺的喧嚣声中,渗进教堂的钟声。当人类听到的时候便暗自发抖,好像从中听到了他们末日的预言。

十月初,谷物收割完毕并且堆放好了,其中有些已经脱了粒。这时,一群鸽子盘旋着穿越天空而来,落在动物庄园的院子里,极尽疯狂。原来琼斯和他所有的伙计们,还有另外六个来自福克斯伍德庄园和平奇菲尔德庄园的人,已经进了有五个闩的门,正沿着通向庄园的车道走来。除了走在最前面的琼斯先生手里握着一支枪外,他们全都带着棍棒。显然,他们企图夺回这座庄园。

这早已在预料之中,一切准备工作都已做好。斯诺博尔负责这次防御行动。他曾在庄主院里找到一本关于尤利乌斯·

恺撒征战的旧书,并且研究过。他迅速下令,不到两分钟,动物们就已经各就各位了。

当这群人靠近庄园的窝棚时,斯诺博尔发起了第一轮攻击,所有的鸽子,有三十五只左右,在这伙人头上飞来飞去,从半空中向他们一齐拉屎。正当人们应付鸽子的袭击时,早已藏在树篱后的鹅冲了出来,狠狠地啄他们的腿肚子。而这还只是些小冲突、小伎俩,目的是造点小混乱。这帮人用棍棒不费吹灰之力就把鹅赶跑了。斯诺博尔现在发动第二轮攻击,穆丽尔、本杰明和所有的羊,在斯诺博尔的带领下向前冲去,从四面八方对这伙人又戳又撞,而本杰明则回头用他的小蹄子对他们猛击起来。可是,对他们来说,这帮拎着棍棒、穿着钉靴的人还是太强悍了。突然,斯诺博尔发出一声尖叫,这是撤退的信号,所有的动物都转身从门口退回院子里。

那些人发出一阵胜利的呼喊声,正像他们想象的一样,他们看到敌人奔逃,于是就急匆匆地追赶,杂乱无章。这正好中了斯诺博尔的计谋。等他们刚全部进入院子,三匹马、三头牛以及其余埋伏在牛棚里的猪,突然出现在他们后面,切断了他们的退路。这时,斯诺博尔发出了进攻的信号,他自己径直向琼斯猛冲,琼斯看见他冲过来,举起枪就开火了,子弹沿着斯诺博尔的背部擦过,刻下几道血痕，一只羊倒地身亡。没有片刻的犹豫，斯诺博尔把自己近200斤的体重猛地扑向琼斯的腿，琼斯被撞倒在粪堆上，枪也从手中飞了出去。但是最惊心动魄的场面还是在博克瑟那儿，他就像一匹种马一样，竟靠着后腿站起来，用他那巨大的钉有马蹄铁的蹄子出击，第一下就击中了一个来自福克斯伍德庄园马夫的头盖骨，打得那人直挺挺地倒在泥浆里断了气。看到这种情形，几个人扔掉棍子企图逃跑。他们被恐惧笼罩着；接着，在所有动物的一起追逐下，他们在院子里团团转。他们不是被顶，就是被踢；不是被咬，就是被踩踏。庄园里的动物没有一个不以自己的方式向他们复仇。就连那只猫也突然从屋顶跳到一个牛倌的肩膀上，用爪子掐进他的脖子里，疼得他嗷嗷大叫。趁着门口没有看守的时候，这伙人喜出望外，冲出院子，急忙向大路逃去。一路上又有一群鹅穷追不舍啄着他们的腿肚子，嘶嘶地叫着轰赶他们。就这样，他们这次侵袭，还不到五分钟，就又从他们来的路上灰溜溜地撤退了。

除了一个人之外，所有的人都跑了。回到院子里，博克瑟用蹄子扒拉一下那个脸朝下趴在泥浆里的马夫，试图把他翻过来，这家伙一动也不动。

"他死了"，博克瑟悲伤地说，"我不是有意这样干的，

Animal Farm
动物庄园

———*Animal Farm* | 动物庄园———

我忘了我还钉着铁掌,谁会相信我这不是故意的呢?"

"不要多愁善感,同志!"斯诺博尔大声喊道,他的伤口还在不停地滴血。"战争就是战争,只有一种好人,那就是死人。"

"我不想杀生,即便是人的生命也不想。"博克瑟重复道,他的眼睛里充满了泪水。

"莫莉哪儿去了?"不知是谁大声喊道。

莫莉确实不见了。一时间大家大为惊慌,他们担心那些人会用什么手段伤害她,甚至担心她被抢走了。不过最后,却发现她正躲在她的马棚里,头埋藏在马槽里的干草中。在枪响的时候她就逃跑了。当其他动物找她回来时又发现,那个马夫实际上只是昏了过去,苏醒过来后,趁机溜掉了。

现在,动物们又重新集合起来,他们沉浸在无比的兴奋之中,每一位都扯着嗓子叙说自己在战斗中的功绩。一场即席庆功仪式立即举行。旗帜升起了,《英格兰动物》一连被唱了许多遍。然后又为那只被杀害的羊举行了庄严的葬礼,还在她的墓地上种了一棵山楂树。斯诺博尔在墓前做了一个简短的演讲,他强调说,如果有需要,所有的动物都要做好为动物庄园牺牲的准备。

动物们一致决定设立一个"一级动物英雄"军功奖章,

这一奖章立即就地授予斯诺博尔和博克瑟。这是一枚铜质奖章（实际上那是在马具室里找到的一些旧的铜质马饰），可以在星期天和节假日里佩戴。还有一枚"二级动物英雄"奖章，这被追授予那只死去的羊。

关于这次战斗该如何称谓，大家有很多讨论，最后决定命名为"牛棚大战"，因为伏击就是在那儿打起的。琼斯先生那支掉在泥坑里的枪找到了，据说在庄主院里还有大量子弹。于是决定把枪架在旗杆脚下，像一门大炮一样，每年鸣枪两次———一次在十月十二日，"牛棚大战"纪念日，一次在仲夏节，也就是起义纪念日。

第五章

随着冬天的临近，莫莉变得越来越讨厌了。她每天早上干活都迟到，还为自己找借口说她睡过头了，她还常常抱怨一些莫名其妙的病痛，但是她的胃口却出奇的好。她会找出各种借口来逃避干活而跑到饮水池边，呆呆地站在那儿，盯着水中自己的倒影。但还有一些更严重的谣言。一天，莫莉悠闲地在院子里散步，一边风骚地摆动她的长尾巴，一边嚼着一根草根，克洛弗把她拉到一旁。

"莫莉，"她说，"我有件非常严肃的事情要跟你说。今天早上，我看见你在打量那段把动物庄园和福克斯伍德庄园隔开的树篱，皮尔金顿先生的一个伙计正站在树篱的另一边。尽管——我离得很远，但我几乎肯定我看见——他在对你说话，而你还让他摸你的鼻子。那是怎么回事，莫莉？"

"他没有摸！我没让摸！这不是真的！"莫莉大声喊道，开始蹦蹦跳跳，用蹄子刨地。

"莫莉！看着我，你敢发誓那个人不是在摸你的鼻子吗？"

"这不是真的！"莫莉重复道，但她不敢正视克洛弗。不一会儿，她抬脚往田野飞奔而去。

克洛弗心中闪过一个念头。和其他动物都没说什么，她就跑到莫莉的马棚里，用蹄子翻开稻草。稻草下竟藏着一小堆方糖和几条不同颜色的饰带。

三天后，莫莉失踪了，好几个星期都没有她行踪的消息。后来鸽子报告说他们曾在威灵顿的另外一边见到她，她套在一辆漆有红色和黑色的轻便双轮马车上，站在一家客栈外面。有一个红脸的胖子，穿着方格子图案的马裤和高筒靴，看起来像是客栈老板，正抚摸她的鼻子给她喂糖。她的毛发修剪一新，额头上还戴着一条鲜红的饰带。所以鸽子说，她看上去很高兴。动物们从此以后再也不提莫莉了。

一月份，天气极其寒冷。土地好像铁板一样硬邦邦的，什么活也没法干。在大谷仓里召开了很多会议，猪忙于规划下一季度的工作。大家都已经接受，很显然猪比其他动物更聪明，应该决定庄园大政方针的所有问题，尽管他们的决定得通过大多数表决同意。如果斯诺博尔和拿破仑之间没有分歧的话，这一安排会进行得很顺利。他们两个在每一个有可能存在分歧的论点上都有争执。如果其中一个建议扩大大麦的播种面积，另一个则肯定要求扩大燕麦的播种面积；如果一个说某某地方适宜种洋白菜，另一个就会声称那里除了种根茎作物外一无用处。他们俩都有自己的追随者，相互之间还有一些激烈的争论。在集会上，斯诺博尔通常凭借其出众的演说而赢得大多数的支持，而拿破仑更擅长在会议休息时为自己游说拉选票支持。他在羊那儿特别成功。后来，不管合不合时宜，羊都在咩咩地叫着"四条腿好，两条腿坏"，并经常借此来扰乱集会。大家还注意到，在斯诺博尔演讲到关键时候，他们极有可能叫着"四条腿好，两条腿坏"来打断演讲。斯诺博尔曾在庄主院里找到一些过期的《农场主和畜牧业者》杂志，并对这些杂志做过仔细的研究，他满脑子装的都是革新和改进的计划。他谈起农田排水、青贮饲料、碱性炉渣，非常博学。他还设计出一个复杂的方案，可以把所有动物每天在不同地方拉的粪便直接通到地里，以节省运送的劳力。拿破仑自己没创作什么方案，却总是暗地里说斯诺博尔的计划是不能实现的，看起来他是在等待时机。但是在他们所有的争吵中，最为激烈的莫过于关于风车的争辩了。

Animal Farm
动物庄园

———*Animal Farm* | 动物庄园 ———

第五章

在狭长的牧场上，离庄园窝棚不远的地方，有一座小山包，那是庄园的制高点。在勘察过地形之后，斯诺博尔宣布这是最适合建造风车的地方。风车可以带动发电机，为庄园提供电力。可以照亮窝棚，在冬天给动物取暖，还可以带动圆锯、切草机、切片机和电动挤奶机。动物们之前还从未听说过任何这类事情（因为这是一座老式的庄园，只有一台最原始的机器）。当斯诺博尔在描绘那些神奇机器的情景时，动物们都听呆了。斯诺博尔说那些机器可以为他们干活，而他们可以悠闲地在地里吃草，或者通过读书、交谈来提高自己的智力。

不出几个星期，斯诺博尔为风车作的设计方案就全部拟订好了。机械方面的详细资料大多取自琼斯先生的三本书——《实用家居1000条》《人人都能当瓦工》和《电学入门》。斯诺博尔把一间棚屋作为他的工作室，那间棚屋曾是孵卵棚，里面铺着光滑的木地板，非常适合绘图。他把自己关在那里，一干就是几个小时。他用石块把打开的书压着，用蹄子的两趾间夹着一支粉笔，快速地来回移动，一条线接着一条线地画着，还发出有点儿小兴奋的哼哧声。设计图渐渐画到有大量曲柄和齿轮的复杂部分，图面覆盖了地板的大半部分。其他动物完全看不明白这些设计图,但很钦佩。他们每天至少要来一次,看斯诺博尔画图。就连母鸡和鸭子也来,而且尽量不踩踏在粉笔线上。只有拿破仑从不来看。一开始,他就宣布反对风车。可是有一天,他出乎意料地也来检查设计图。他拖着沉重的身躯在棚子里绕来绕去,仔细查看设计图的每一个细节,偶尔还冲着它们哼哼一两声,然后站了一会儿,斜着眼打量了一下,突然,他抬起腿来,在设计图上撒了一泡尿,一声不吭扬长而去。

整个庄园在风车的问题上产生了严重的分歧。斯诺博尔毫不否认修建风车是一项艰难的事业,需要采石并筑成墙,接着要制作风车的翼版,然后还需要发电机和电缆(这些怎么获得,斯诺博尔没说)。但他坚持认为这项工程可在一年内完成。之后他宣称,建成之后将会节省大量的劳力,动物们每周只需要干三天活。另一方面,拿破仑却争论说,当前最急需的是增加粮食生产,如果他们在风车上浪费时间,会全部饿死的。在"拥护斯诺博尔和每周三天工作"和"拥护拿破仑和食料满槽"的口号下,动物们形成了两派,本杰明是唯一一个持中立态度的动物。他既不相信什么食料会更充足,也不相信什么风车会节省劳力。他说,有没有风车无所谓,生活会继续,一如既往——也就是说生活会一如既往的糟糕。

除了关于风车的争执之外，还有一个关于庄园防御的问题。大家都充分地认识到，尽管在"牛棚大战"中人类被打败了，但为夺回庄园让琼斯先生复辟，他们会发动一次更凶猛的反攻。人们完全有更多的理由这样做，因为他们失败的消息已经传遍了乡野，使得邻近庄园的动物比以前更难驾驭了。和平时一样，斯诺博尔和拿破仑又有了分歧。根据拿破仑的意见，动物们的当务之急是获取武器，并自学使用武器。而按斯诺博尔的观点，他们应该放出越来越多的鸽子，煽动其他庄园的动物起义。一个说如不自卫就注定束手就擒被征服；另一个则争辩如果到处发生起义，他们就没必要自卫。动物们先听了拿破仑的，接着听了斯诺博尔的，都不能决定哪个是对的。实际上，他们总是发现，此刻谁在讲话，他们就会同意谁的。

这一天终于来了，斯诺博尔的设计图完成了。在接下来的星期天集会上，大家将会就风车是否开工建造的问题进行表决，当动物们在大谷仓里集合完毕，斯诺博尔站了起来，他提出了他主张建造风车的理由，尽管不时被羊的咩咩声打断。接着，拿破仑站起来反驳，他非常平静地说风车是瞎胡闹，建议大家不要投票，就又立即坐了下去。

他只讲了不到三十秒钟，似乎对自己说话产生的效果漠不关心。这时，斯诺博尔跳了起来，喝住了又要咩咩乱叫的羊，饱含激情地呼吁大家支持风车。在这之前，动物们因各有所好，基本上是分成了两派，势均力敌，但转眼之间，斯诺博尔凭借三寸不烂之舌就把他们说得服服帖帖。他用热情洋溢的话语，描述着当动物们摆脱了又脏又累的劳动时动物庄园的景象。如今，他的想象力早已远远超出了切草机和萝卜切片机。他说，电能让脱粒机、犁、耙、碾子、收割机和捆扎机运转；除此之外，电还能给每一个窝棚里提供照明、热水和冷水，以及电暖气等等。当他演讲结束的时候，表决结果如何已经毫无悬念了。就在这时，拿破仑站起来，向斯诺博尔投去奇怪的光，吹了一声尖细刺耳的口哨。以前从没有一个动物听到这样的口哨声。

这时，外面响起一阵可怕的狗叫声。紧接着，九条戴有青铜饰钉项圈的强壮的狗，跳进了大仓谷，径直向斯诺博尔扑去。就在斯诺博尔就要被狗咬到的瞬间，他突然蹦了起来，一下跑到门外，狗在后面猛追。动物们都吓呆了，一个个都瞠目结舌。他们都挤到门外围观这场追逐。斯诺博尔拼命飞奔着穿过通往大路的狭长牧场，而狗已经接近他的脚后跟了。突然，他滑倒了，眼看着就要被狗追上了，可他又重新爬起来，比之前跑得更快了。狗又一次逼近了，其中一条狗几乎要咬住斯诺博尔的尾巴了，但斯诺博尔及时甩开了尾巴。接着他又一个冲刺，和狗不过几英寸的距离，从树篱中的一个缺口窜了出去，杳无踪影。

动物们爬回大谷仓，沉默无言，惊恐万分。不一会儿，狗汪汪地叫着回来了。刚开始时，谁也想不出这些家伙是从哪儿来的，但很快就真相大白了：他们正是之前被拿破仑从他们的母亲身边带走的那些狗崽子，被拿破仑偷偷地养着。尽管还没有完全成年，但个头都不小，凶猛的样子就像狼一样。他们紧挨着拿破仑，大家都注意到他们对拿破仑摇着尾巴，过去，其他狗对琼斯先生也是这样。

这时，拿破仑在狗的簇拥下，爬上当年梅杰发表演讲的那个高高的台子。他宣布，从今以后，星期天早晨的集会就此结束。他说，那些会议毫无必要，又浪费时间。此后所有关于庄园工作的问题，将有一个由猪组成的特别委员会决定，这个委员会由他自己掌管。他们将在私下会面，然后把他们的决定传达给其他动物。动物们仍要在星期天早晨集合，向庄园的旗帜行礼致敬，唱《英格兰动物》，并接受下一周的任务，但再也没有什么辩论了。

尽管斯诺博尔的驱逐已经给他们不小的震惊，但他们对这个公告更为惊慌。他们中有动物想要抗议，却找不到合适的辩词。甚至博克瑟也感到茫然困惑，他竖起耳朵，抖动几下额毛，努力整理思绪，但最终也没想到要说什么。然而，有些猪倒清楚明白，在前排的四头小肉猪发出刺耳的尖声叫表示不赞同，他们四个当即都跳起来准备发言。但突然间，围坐在拿破仑身旁的那群狗发出一阵低沉的威胁的咆哮声。于是，四头小肉猪便默然无声，重新坐了下去。接着，羊又咩咩地叫着"四条腿好，两条腿坏！"叫声一直持续了十五分钟，大家连讨论一番的机会也没有了。

后来，斯奎拉被派到庄园转了一圈，向其他动物解释了一下这个新的安排。

"同志们，"他说，"拿破仑同志自己承担了这一额外劳动，我相信在这里的每一位动物，都会感谢他所做出的牺牲。同志们，不要想着当领导是一种享受！恰恰相反，这是一项艰深而沉重的责任。没有谁能比拿破仑同志更坚信所有动物一律平等。他也非常愿意让大家自己做主。但有时候你们可能会做错误的决定，同志们，那我们何去何从呢？假如你们决定追随斯诺博尔连同他风车的空想——斯诺博尔这家伙，据我们现在所知，比一个罪犯好不了多少。"

"他在'牛棚大战'中作战很勇敢。"有个动物说。

Animal Farm
动物庄园

Animal Farm | 动物庄园

"勇敢是不够的，"斯奎拉说，"忠诚和服从更为重要。就'牛棚大战'来说，我相信总有一天我们会发现斯诺博尔的作用被过分夸大了。纪律，同志们，铁的纪律！这是今天的口号。一步走错，我们的敌人便会逼近我们。同志们，你们一定不想让琼斯回来吧？"

再一次，这番论证是无可辩驳的。毋庸置疑，动物们不想让琼斯回来；如果星期天早晨举行的辩论有导致他回来的可能，那么辩论就必须停止。博克瑟现在有时间仔细思考了，他说出了大家的心声："如果这是拿破仑同志说的，那就一定是正确的。"从此以后，他又采用"拿破仑永远正确"这句格言，作为对他个人的座右铭"我会更加努力工作"的补充。

这时天气已经变暖，春耕已经开始了。斯诺博尔用来画风车设计图的窝棚一直被封着，大家觉得那些设计图早已从地板上擦掉了。每个星期天早晨十点钟，动物们都聚集在大谷仓，接受他们下一周的工作任务。现在，老梅杰那个没有了肉的头盖骨，也已经从果园里挖出来了，竖在旗杆脚下的一个木桩上，位于枪的旁边。升旗之后，动物们被要求恭恭敬敬地列队走过那个头盖骨，然后才走进大谷仓。现在，他们还没有像之前那样全坐在一起过。

拿破仑同斯奎拉还有另一头叫米尼缪斯的猪，一同坐在前面高高的台子上。这个米尼缪斯有着谱曲和作诗的非凡天赋。九条年轻的狗组成一个半圆围着他们坐着，其他猪坐在后面。别的动物面对着他们坐在大谷仓中间。拿破仑摆出一副粗暴的军人的样子，宣读了下一周的安排，随后只唱了一遍《英格兰动物》，所有的动物就解散了。

在斯诺博尔被逐后的第三个星期天，拿破仑宣布风车终归是要建造的，动物们听到这个消息，多少有点儿惊讶。他没有为改变主意做出任何解释，只是警告动物们，这项额外的任务将意味着非常艰苦的劳动：也许有必要缩减他们的口粮。然而，设计图已全部准备好，最后的细节也安排妥当。在过去三周里，一个由猪组成的特别委员会一直为此工作着。风车的修建，加上其各项设施的改善，预计要花两年的时间。

那天晚上，斯奎拉私下对其他动物解释说，事实上，拿破仑从来没有反对过风车。相反，最初是由他提出来的。斯诺博尔画在孵卵棚地板上的那个设计图，实际上是他早先从拿破仑的文件中偷走的。事实上，风车是拿破仑自己的创意。于是，有些动物问道，为什么他曾说强烈地反对风车呢？在这一点上，斯奎拉显得十分狡猾。他说，那是拿破仑同志的精明之处，他看起来好像反对风车，那只是除掉斯诺博尔的一个计谋。斯诺博尔是个危险的家伙，影响极坏。既然现在斯诺博尔已经被驱逐了，计划也可以不受他的干扰实施了。斯奎拉说，这就是所谓的战术，他重复了好几遍，"战术，同志们，战术！"他一边来回跳着，一边带着欢快的笑声甩动尾巴。动物们不确定他这些话的意思，可是斯奎拉讲得如此令大家信服，加上刚好有三条狗和他在一起，又是那样气势汹汹地咆哮着，动物们就接受了他的解释，也没再问什么。

第六章

那一年,动物们像奴隶一样干活儿。但他们都乐此不疲,他们不遗余力,也不怕牺牲,他们深深地意识到,他们干的每件事都是为他们自己的利益以及将来子孙后代的利益,而不是为了那帮懒惰、偷盗的人类。

整个春天和夏天,他们一周要工作六十个小时。到了八月,拿破仑宣布,星期天下午也要干活儿。这项工作完全是自愿的。但是,任何缺勤的动物,其口粮就要减去一半。即使这样,大家还是发现,有些任务还是没法完成。收成比去年要差一些,有两块地应该在夏初种上根茎类作物,也没有播种,因为犁地的工作没有早早完成。可以预见,接下来的冬天将是一个难熬的季节。

风车的事出现了意想不到的困难。庄园里有一个很好的石灰石采石场。动物们又在一间外屋里发现了大量的沙子和水泥。这样,所有的建筑材料都全了。但刚开始动物们没法解决的问题是,怎么把石头弄成大小合适的石块。似乎除了用镐和撬棍外，没有别的办法。但没有动物会用，因为动物们都不能用后腿站立。在白白努力了几个星期之后，有动物想出了一个好主意——就是利用重力的作用。那些巨大的圆石，由于太大了无法直接利用，整个采石场上到处都是。动物们用绳子把石头绑住，然后由奶牛、马、羊，只要是能抓住绳子的任何动物——甚至猪有时也在关键时刻加入进来——他们一起拖着石头，慢慢地、慢慢地沿着斜坡拖到采石场的顶部。到了那儿，把石头从石崖边推下去，在底下就摔成了碎块。这样，运送摔碎的石块就相对简单了。马拉着满载的货车运送，羊则一块一块地拖，就连穆丽尔和本杰明也套上一辆旧的小型双轮马车，出了自己的一份力。到了夏末,动物们已经积累了足够多的石块。接着，在猪的指挥下，建筑工程就开始了。

　　但是，这是一个缓慢而艰辛的过程。他们经常要花一整天的时间竭尽全力把单个的大圆石拉到采石场的顶部，有些时候，石头从石崖边上推下去，却没有摔碎。要是没有博克瑟，几乎什么事也干不成，他的力气几乎和所有动物加起来的那么大。每当大圆石开始往下滑，动物们发现他们自己正被拖下山坡而绝望地哭喊时，总是博克瑟自己竭尽全力地拉住绳子才使大圆石停下来。看着他艰难地一

Animal Farm
动物庄园

点一点地爬坡，呼吸急促，他的蹄子尖紧抓着地面，巨大的身躯被汗水浸透，动物们都对他充满了钦佩和赞叹之情。克洛弗常常警告他小心点，不要过度劳累，但博克瑟从不听她的劝告。对他而言，他的两句口号——"我会更加努力工作"和"拿破仑永远是对的"好像足够回答所有的问题。他已同那只小公鸡约好了，以前是每天早晨提前半小时叫醒他，现在改为提前四十五分钟。在他空闲的时候，虽然现在的空闲时间并不多，他独自去采石场，装上一车碎石，在没有任何帮助的情况下，把碎石拖去倒在风车的地基里。

　　那个夏天，尽管动物们干活非常辛苦，但他们的境况还不是太糟糕。即使他们得到的食物不比琼斯时代多，但至少也不比那时少。他们只需要养活自己就够了，而不必去供养那五个穷奢极欲的人。这个优越性太大了，可以使许多不足之处显得微不足道。而且在许多方面，动物们干活儿的方式更有效率也更省力了。比如锄草这类活儿，动物们可以干得无可挑剔，而人类是根本不可能做到的。再比如，现在动物们都不小偷小摸了，也没必要把牧场和田地用树篱隔开，这在树篱和大门的维护上就节省了很多的劳力。虽然如此，随着夏天一天天过去，各种意想不到的物资短缺也开始让他们感觉到了。庄园里需要灯油、钉

"月儿呀,你在等候什么呢?"
"向我将让位给他的太阳致敬。"

　　水里的游鱼是沉默的,陆地上的兽类是喧闹的,空中的飞鸟是歌唱着的。

　　但是,人类却兼有海里的沉默、地上的喧闹与空中的音乐。

咩咩地叫着:"四条腿好,两条腿坏!"这瞬间的尴尬也就掩饰过去了。最后,拿破仑抬起蹄子示意大家安静,宣布说他已经做好了全部的安排工作。无须任何动物去和人类接触,这显然是最为讨厌的事情。他打算把全部重担都扛在自己肩上。一位住在威灵顿的名叫温伯尔先生的律师,已经同意担当动物庄园和外部世界的中间人,他将每周一早晨来拜访庄园接受任务。拿破仑照例大喊一声:"动物庄园万岁!"就结束了讲话。接着,动物们唱完《英格兰动物》后就解散了。

后来,斯奎拉在庄园里转了一圈才使动物们安下心来。他向他们保证,反对从事交易和用钱的决议从来没有通过,甚至连提都没提过。这纯粹是一种想象,追根究底,这很可能是斯诺博尔一开始就散布的一个谎言。对此,一些动物还是有些许怀疑,但斯奎拉奸猾地问他们:"你们就确信这不是你们梦到一些事情吗,同志们?你们有关于这一决议的任何记录吗?它写在哪里了?"因为这类事情没有文字记载确实是真的,动物们也就相信是他们自己弄错了。

按照约定,温伯尔先生每周一都要来庄园拜访。温伯尔一脸奸诈相,身材矮小,长着络腮胡子。作为一名律师,他的业务规模很小,但他非常精明,他比任何人都要更早地子、线绳、狗食饼干以及钉马蹄的铁等等，这些东西庄园里都没法生产出来。后来，动物们又需要种子和化学肥料，还有各类工具，最重要的是造风车用的机械。这些该如何获得，没有谁能想出来。

一个星期天的早晨，当动物们集合接受任务的时候，拿破仑宣布，他已经决定了一项新政策。从现在起，动物庄园要和邻近的庄园做些交易，当然不是出于任何商业目的，而只是为了获得某些急需的物资。他说，风车所需要的东西必须不惜一切代价。因此，他正在准备卖掉一堆干草和当年小麦的一部分收成，而以后如果需要更多钱的话，就得靠卖鸡蛋来弥补这个缺口了，因为鸡蛋在威灵顿总是有市场的。拿破仑说，母鸡应该对这一牺牲感到高兴，因为这是她们对建造风车所做的特别贡献。

动物们再一次感到一种无可名状的不安。决不和人类打交道，决不从事交易，决不用钱——这些最早的决议，在琼斯被驱逐后的第一次胜利集会上，不是都已经通过了吗？所有的动物都记得通过这样的决议，或者至少他们觉得自己还记得这回事。曾经在拿破仑废除集会时提出抗议的那四头幼猪胆怯地发言了，但他们在那些狗的巨大的咆哮声中，立即缄默不语了。接着，和往常一样，羊又开始插话了，认识到动物庄园会需要一位经纪人，而且佣金也会很可观。动物们带着几分畏惧看着他来来去去，尽可能地避开他。然而，对于他们这些四条腿的动物来说，拿破仑向靠两条腿站着的温伯尔发号施令的情景，激发了他们的自豪感，这在一定程度上缓和了他们对这个新协议的抵触情绪。现在，他们与人类的关系跟之前不太一样了。人类对动物庄园的憎恨并不因为其繁荣而有所减少，实际上，他们比之前更憎恨。每一个人都怀着这样一个信念：动物庄园迟早要破产，而且最重要的是，那个风车工程将会失败。人们在酒馆见到时，互相用图表证明风车注定要失败；或者说，即便它能建成了，也永远运转不了。然而，事与愿违，他们对动物们管理自己事务的成效，也不由地产生了一丝敬意。其中一个迹象就是，他们开始用"动物庄园"这个名实相符的名字来称呼了，而不再像以前那样故意叫它为"曼纳庄园"。他们也不再支持琼斯，而琼斯也放弃夺回庄园的希望，搬迁到这个郡县的另一个地方居住了。要不是通过温伯尔，"动物庄园"至今和外面的世界没有联系，但不时有谣传说，拿破仑正打算同福克斯伍德庄园的皮尔金顿先生，或者是平奇菲尔德庄园的弗雷德里克先生签订一项明确的商业协议——不过大家注意到，还没有听说和这两家同时签订这个协议。

大概就是在这个时候,猪突然搬进了庄主院,并且把那里作为它们居住的地方。动物们似乎又想起了之前通过的反对这样做的一项决议。可斯奎拉又使他们确信,事情不是这样的。他说,猪是庄园的首脑,应该有一个安静的地方来工作,这是完全有必要的。而且,对"领袖"的尊严来说(最近他在说到拿破仑的时候,已经用"领袖"这一头衔了),住在房子里比住在纯粹的猪圈里更合适。虽然如此,当听到猪不仅在厨房里用餐,把客厅作为娱乐室,而且还在床上睡觉的时候,一些动物还是深感不安。博克瑟不以为然,照例说了一句"拿破仑永远是正确的。"但是克洛弗却觉得她记得有一条明确的规定反对在床上睡觉,她跑到大谷仓的尽头,试图从题写在那儿的"七戒"中解答出来,却发现自己只会读单个的字母,于是便找来穆丽尔。

"穆丽尔,"她说,"给我读一下第四条戒律,它是不是说什么决不在床上睡觉?"

穆丽尔费了好大的劲儿才拼读出来。

"上面写道,'凡是动物不得在有被褥的床上睡觉'。"她终于读出来了。

太奇怪了,克洛弗从不记得第四条戒律提到过被褥;不

Animal Farm
动物庄园

Animal Farm | 动物庄园

过既然都在墙上写了，那它肯定原来就是这样。这时候，斯奎拉在两三条狗的陪同下碰巧路过，他能站在适当的立场上把整件事说清楚。

他说："同志们，那么你们已经听说我们猪现在睡到庄主院的床上了？为什么不呢？你们不会真的认为有过什么规定反对床吧？床仅仅是指一个睡觉的地方。如果正确看待的话，窝棚里的一堆稻草就是一张床。这条戒律是反对被褥的，因为这是人类发明的。我们已经把庄主院床上的被褥全撤掉了，我们是睡在毯子里。它们也是非常舒适的床！我可以告诉你们，同志们，现在所有的脑力劳动都得我们来做，这还不及我们需要的舒适程度。你们不会剥夺我们休息的权利吧，是吧，同志们？你们不会让我们太劳累而不能履行职责吧？你们肯定谁都不愿意看到琼斯回来吧？"

在这一点上，动物们即刻就让他消除了疑虑，也不再说有关猪睡在庄主院床上的事了。几天后，当宣布说从现在起猪比其他动物每天早上起床晚一个小时的时候，也没有谁对此抱怨了。

直到秋天，动物们都非常劳累，不过却也快乐。他们已经熬过了艰难的一年，在变卖了部分干草和谷物之后，准备过冬的食物储备就不是很富足了，但是，风车弥补了这一切。现在风车差不多建到一半了。秋收后，天气一直晴朗干燥，动物们干起活儿来比之前更努力了。他们整天拖着石块，辛勤地来回奔忙，想着如果这样一来，他们便能把墙又加高一英尺，这是非常值得做的事情。博克瑟甚至在晚上也要出来，借着秋分前后满月的月光独自干上一两个小时。在空闲的时候，动物们就围着修建完一半的风车走来走去，赞叹那墙壁的坚固和笔直，并为他们竟能建造如此壮观的工程而感到惊奇。只有老本杰明对风车毫无热情，像往常一样，他除了说驴都长寿这句晦涩难懂的话之外，就再也没说别的了。

十一月来了，带来了猛烈的西南风。由于现在常常下雨，没法搅拌水泥，建造工程不得不停下。后来一天夜里，狂风大作，庄园里的窝棚在地基上摇晃，大谷仓屋顶的一些瓦片也吹走了。母鸡在恐惧中惊醒，咯咯大叫，因为她们在睡梦中同时听见远处的一声枪响。早晨，动物们从窝棚里出来，发现旗杆已被风吹倒，果园脚下的一棵榆树像萝卜一样被连根拔起。看到这一情景时，所有的动物喉咙里都爆发出一阵绝望的哭喊声。一幅可怕的景象扑入他们的眼帘:风车成了一片废墟。

Animal Farm
动物庄园

———*Animal Farm* 动物庄园 ———

他们不约而同地冲向现场。很少外出散步的拿破仑，跑在他们的最前面。是的，他们全部的努力成果都倒下了，被夷为平地了，他们辛苦砸碎并拉来的石头到处都散落着。他们站在那里，悲伤地凝视着倒塌下来的碎石块，刚开始谁都说不出话来。拿破仑默然地来回走着，不时在地上嗅一嗅，他的尾巴变得僵硬，忽左忽右剧烈地抽动，这是他心理紧张的迹象。突然，他停下了，似乎已经有了主意。

"同志们，"他平静地说，"你们知道谁该为此负责吗？你们知道夜晚进来摧毁我们风车的敌人是谁吗？斯诺博尔！"他突然用雷鸣般的声音吼叫："这是斯诺博尔干的！这个叛徒在夜幕的掩护下偷偷爬到这里，破坏我们几乎一年的劳动成果，想要阻止我们的计划，以此来为他可耻的驱逐报复，他用心极其险恶。同志们，此时此地，我宣布对斯诺博尔判处死刑。任何能将他绳之以法的动物将被授予'二级动物英雄'奖章并奖励半莆式耳苹果，活捉他的动物将得到一整莆式耳苹果。"

动物们得知斯诺博尔竟犯下如此罪行，无不感到极度震惊。他们发出一阵愤怒的喊叫声，开始琢磨在斯诺博尔再回来时抓住他的办法。几乎就在同时，在离小山包不远的草地上，动物们发现了一头猪的蹄印。那些蹄印只能跟踪出几码远，但看上去是通往树篱缺口方向的。拿破仑对着蹄印仔细地嗅了一番，便宣称那是斯诺博尔的。在他看来，斯诺博尔很有可能是从福克斯伍德庄园的方向来的。

"不要再耽搁了，同志们！"拿破仑在查看了蹄印后喊道："还有工作要干。从今天早上起，我们开始重建风车，不论晴雨，我们整个冬天都要建造。我们要叫这个可耻的叛徒知道，他不能如此轻易地破坏我们的工作。记住，同志们，我们的计划不会有任何变更，反而要如期实施。前进，同志们！风车万岁！动物庄园万岁！"

第七章

那是一个寒冷的冬天。暴风雨的天气刚结束,紧接着就是雨夹雪和大雪纷飞,再往后就是天寒地冻了。直到二月,冰雪才渐渐消融。动物们都在竭尽全力地重建风车,他们都非常清楚,外界正在注视着他们,如果风车不能按时建成,那些满怀忌恨的人类会幸灾乐祸的。

那些出于恶意的人类,假装不相信是斯诺博尔把风车毁坏的。他们说,风车之所以倒塌是因为墙太薄了。动物们知道这不是事实。不过,他们还是决定这次要把墙修到三英尺厚,而不是之前的十八英寸,这就意味着要采集更多的石头。很长一段时间,采石场上都积满了被风刮在一起的雪堆,什么事也没法干。在随后干冷的天气里,动物们倒是干了一些活儿,但那是一项痛苦不堪的工作,大家也不像之前那样满怀希望了。它们总感觉冷,也经常觉得饿。只有博克瑟和克洛弗从不丧失信心。斯奎拉则做了关于劳动的乐趣以及劳动光荣的精彩演说,但动物们更受鼓舞的,是博克瑟的力量和他总是挂在嘴边的那句话："我会更加努力工作。"

一月份，食物就开始短缺了。谷物的配给量急剧减少，据说要发给额外的土豆配给量来弥补。可随后却发现由于地窖上面没有盖得足够厚，绝大部分的土豆收成都已经冻坏发软变色了，只有少部分还可以吃。这段时间里，动物们除了谷糠和饲料甜菜外，已经没有别的可吃了，饥饿似乎对它们虎视眈眈了。

对外界隐瞒这一事实是非常有必要的。风车的倒塌已经给人类壮胆了，他们正编造出有关动物庄园的新奇谎言。外面再一次散布着这样的谣传，说所有的动物都快要饿死和病死了，而且说他们之间不断出现内讧，已经到了自相残杀和弱肉强食的地步。拿破仑清醒地意识到，如果食物的真实情况被外界知道的话，会带来多严重的后果。于是，他决定利用温伯尔先生扩大一些相反的影响。迄今为止，温伯尔每周来一次，动物们却和他很少或没有接触。但是现在，拿破仑却找了一些动物，大部分是羊，吩咐他们在温伯尔能听得到的地方，装作闲聊中无意说到有关口粮增加的事。另外，拿破仑又下令把储藏棚里那些几乎空了的箱子填满沙子，然后把剩下的食物盖在上面。最后找个适当的借口，把温伯尔领到储藏棚，让他瞥上一眼那些箱子。温伯尔上当了，不断向外界报告说，动物庄园根本就不存在粮食短缺的问题。

虽然如此，到一月底的时候，这一问题就变得相当突出了。必须得从什么地方弄到些粮食。这些日子，拿破仑很少在公共场合露面，整天就待在庄主院里消磨时间。那里的每道门都由穷凶极恶的狗把守着。他即使露面，也是非常正式的排场，由六条狗组成的护卫队紧随左右。如果有谁走得太近，那些狗就会狂吠不止。甚至在星期天早晨，他也经常不露面，而是通过其他的猪来发布他的命令，通常是斯奎拉。

一个星期天的早晨，斯奎拉宣布说，那些又开始下蛋的母鸡，必须上交她们产下的鸡蛋。通过温伯尔牵线，拿破仑已经接受了一项每周提供四百枚鸡蛋的合同。卖鸡蛋所赚的钱可以买足够多的粮食，让庄园坚持到夏天。那时，情况就会得到改善了。

母鸡一听到这件事，便提出了非常强烈的抗议。虽然之前早就有过通知，说这种牺牲可能是必不可少的，但他们并不相信这事真的会发生。此时，她们刚准备好一窝鸡蛋打算在春天孵化小鸡，因此她们抗议说，现在把鸡蛋拿走就是谋害性命。这是自琼斯被驱逐后第一次带有反叛意味的行为。为了挫败拿破仑的计划，母鸡们在三只年轻的黑米诺卡母鸡的带动下，全都豁出去了。她们的做法是飞到椽子上下蛋，鸡蛋落到地上便摔得粉碎。拿破仑对此立即采取残忍的行动。他命令停止给母鸡口粮；同时下令，任何动物，哪怕给母鸡一粒谷物都要被处以死刑。这些命令由狗来贯彻实施。在坚持了五天后，母鸡投降了，又回到了鸡窝里。在此期间，有九只母鸡死了，尸体都埋到了果园里，对外则说她们是死于球虫病。温伯尔对这件事一无所知，鸡蛋按时交付，每周都由一辆食品商的拉货车来庄园把鸡蛋拉走。

这阵子，一直都没有再见到斯诺博尔。有谣传说，他藏在邻近的庄园里，不是在福克斯伍德庄园，就是在平奇菲尔德庄园。到现在，拿破仑和其他庄园的关系也比之前稍稍改善了些。碰巧，院子里有一堆木材，那是十年前清理一片山毛榉树林时堆在那儿的。木材现在已经风干了，温伯尔建议拿破仑把它卖掉。皮尔金顿先生和弗雷德里克先生都非常想买。拿破仑在这两人之间犹豫不决，拿不定主意。大家都注意到，每当他似乎正要和弗雷德里克达成协议的时候，就有谣传说斯诺博尔正躲在福克斯伍德庄园；

Animal Farm
动物庄园

Animal Farm　动物庄园

而当他倾向于皮尔金顿时,就听说斯诺博尔是在平奇菲尔德庄园。

早春时节,突然间发现了一件惊恐的事。斯诺博尔经常在夜里偷偷潜入庄园!动物们如此不安,几乎都不敢在窝棚里睡觉。据说,每天晚上他都在黑暗的掩护下偷偷摸摸进入庄园,无恶不作。他偷走谷物,打翻牛奶桶,打破鸡蛋,践踏苗圃,啃咬果树皮。无论什么时候什么事情搞错了,通常都要归咎于斯诺博尔。要是一扇窗户破了或者下水道堵了,有动物肯定说这是斯诺博尔夜间来干的。储藏棚的钥匙丢了,整个庄园都确信是斯诺博尔把它扔到井里去了。奇怪的是,甚至在一袋粗碾的谷物下面找到之前丢失的钥匙后,他们还是相信是斯诺博尔干的。奶牛众口一词地声称斯诺博尔在她们睡觉时溜进牛棚,挤了她们的奶。那个冬天老鼠非常猖獗十分讨厌,也被说成是斯诺博尔的同伙。

拿破仑命令应当对斯诺博尔的活动做一次全面的调查。在狗的护卫下,他开始对庄园的窝棚进行一次仔细的巡查,其他动物毕恭毕敬地与他保持一定距离尾随在后面。每走几步,拿破仑都要停下来,嗅一嗅地面是否有斯诺博尔的踪迹,他说他能凭借气味察觉。他嗅遍了每一个角落,在大谷仓、在牛棚、在鸡窝、在菜园,几乎到处都发现了斯诺博尔的踪迹。他把嘴伸到地上,深深地嗅几下,便以可怕的声音叫嚷:"斯诺博尔!他来过这儿!我能清楚地嗅出来!"一听到"斯诺博尔",所有的狗都发出令动物们毛骨悚然的咆哮声,露出尖利的牙齿。

动物们被彻底吓坏了。对他们而言,斯诺博尔好像是某种无形的势力,弥漫在他们周围的空气中,以各种危险威胁着他们。晚上,斯奎拉把他们召集到一起,脸上带着一幅惊慌失措的表情,告诉大家他有一些重大的消息要报告。

"同志们!"斯奎拉大声喊道,神经质地跳来跳去,"发现了一件最恐怖的事,斯诺博尔已经把自己出卖给平奇菲尔德庄园的弗雷德里克了,而那家伙正在图谋袭击我们,企图夺走我们的庄园!在袭击的时候,斯诺博尔将给他带路。但比这更糟糕的是,我们之前认为,斯诺博尔的起义仅仅是出于他的虚荣心和野心。但是我们错了,同志们。你们知道真正的原因是什么吗?斯诺博尔从一开始就和琼斯是同伙!他一直是琼斯的间谍。这一点,我们刚从他留下的一些文件中得到证实,我们刚刚才发现这些文件。在我看来,这解释了很多问题,同志们。难道我们没有看出他的企图——幸亏没成功——在'牛棚大战'中,他企图让我们失败和毁灭?"

大家都目瞪口呆了。这比斯诺博尔摧毁风车要恶毒多了。但在他们完全接受这一点之前,还迟疑了几分钟。他们都记得,或者自认为还记得,在"牛棚大战"中,他们曾看到斯诺博尔是如何冲锋在前的,是如何重整旗鼓,在每一个紧要关头鼓励他们的,甚至是在琼斯枪里的子弹把他的脊背打伤时也没有片刻停留。起初,他们难以理解,这怎么就能说明他是站在琼斯一边的呢?就连很少质疑的博克瑟也迷惑不解。他躺在地上,把前蹄收拢在身子底下,闭着眼睛,绞尽脑汁设法理清他的思路。

"我不相信这件事,"他说,"斯诺博尔在牛棚大战中英勇善战,我亲眼看到的。战斗一结束,我们不是就立刻授予他'一级动物英雄'奖章了吗?"

"那是我们的错误,同志。因为我们现在才知道,这都在秘密文件中写了,我们发现他实际上是企图诱使我们走向灭亡。"

"但是他受伤了,"博克瑟说,"我们都看见他流着血冲锋。"

"那也是事先安排的一部分!"斯奎拉大声喊道,"琼斯的子弹只不过擦伤了他的皮。要是你能识字的话,我会把他自己写的文件给你看。他们的阴谋，就是在关键时刻发出让斯诺博尔逃跑的信号，把战场留给敌人。他几乎就要成功了，我甚至敢说，同志们，要是没有我们英勇的领袖拿破仑同志，他就得逞了。你们难道不记得了，就在琼斯和他的伙计们冲进院子的时候，斯诺博尔突然转身逃走了，很多动物都跟着他？你们难道也不记得了，就在那一会儿，恐慌弥漫，眼看着都要失败了，拿破仑同志冲上前去，大喊：'消灭人类！'同时咬住了琼斯的腿？你们肯定还记得这些吧，同志们？"斯奎拉大声叫嚷着，左蹦右跳。

既然斯奎拉把那一场景描述得如此活灵活现，动物们好像觉得他们确实记得有这么回事。至少，他们记得在战斗的关键时刻，斯诺博尔曾经掉头逃跑了。但是博克瑟还有一点儿不安。

"我不相信斯诺博尔一开始就是一个叛徒，"他终于说道，"他后来的所作所为另当别论。但我相信在'牛棚大战'中，他是一个好同志。"

"我们的领袖，拿破仑同志，"斯奎拉宣告，说得缓慢而坚定，"已经明确地声明——明确地，同志们——从一开始斯诺博尔就是琼斯的奸细——是的，早在大家还没想到起义之前就是的。"

"啊，那就不同了！"博克瑟说，"如果拿破仑同志这样说，那就肯定是对的。"

"这才是正确的态度，同志！"斯奎拉大声叫喊，但大家注意到他那一闪一闪的小眼睛向博克瑟投去非常邪恶的一瞥。他转身要走时，又停下来加重语气补充了一句："我提醒庄园的每个动物要睁大你们的眼睛。因为我们有理由认为，斯诺博尔的密探此刻正潜伏在我们中间！"

四天后，在下午的晚些时候，拿破仑下令所有动物在院子里集合。当他们集中在一起的时候，拿破仑从庄主院里出来了，佩戴着他的两枚奖章（他最近已授予自己"一级动物英雄"和"二级动物英雄"奖章），他那九条大狗在他周围不停地蹦跳，发出的咆哮声让所有动物都毛骨悚然。他们都默默地蜷缩在自己的位子上，似乎预感到有可怕的事情要发生了。

拿破仑站在那儿严厉地扫视了一下他的听众，接着发出一声尖叫。那些狗立即窜上前去，抓住了四头猪的耳朵把他们拖到拿破仑的脚下，那四头猪在疼痛和恐惧中号叫着。猪的耳朵流血了，狗尝到了血腥味，好一会儿，他们好像疯了一样。令大家吃惊的是，有三条狗挥舞着扑向博克瑟。博克瑟看到他们来了，伸出巨大的蹄子，在半空中抓住一条狗,把他压在地上。那条狗尖叫着求饶,另外两条狗夹着尾巴逃走了。博克瑟看着拿破仑,想知道他应该把那狗压死还是放掉。拿破仑似乎变了脸色,厉声命令博克瑟把狗放了。博克瑟随即抬起蹄子,狗带着伤哀号着溜走了。

骚乱马上平息下来。那四头猪颤抖地等待发落,脸上的每一道皱纹好像都写着罪状。拿破仑喝令他们坦白自己的罪行。他们正是拿破仑废除星期天集会时抗议的那四头猪。没有进一步逼供,他们就坦白说自从斯诺博尔被驱逐,就一直和他保持秘密联系,还勾结他摧毁风车,并和他达成一项协议,把动物庄园拱手让给弗雷德里克先生。他们补充说,斯诺博尔曾私下里对他们承认,他过去几年来一直是琼斯的间谍。他们刚供认完,狗就立刻撕开了他们的喉咙。拿破仑声色俱厉地质问其他动物还有什么要供认的。

曾经在鸡蛋事件中企图领头造反的那三只母鸡走上前去,说斯诺博尔曾经在她们的梦中出现过,并煽动她们违抗拿破仑的命令。她们也被屠杀了。接着一只鹅上前坦白,说他在去年的收割中偷偷藏了六穗谷物,并在当天晚上吃掉了。随后一只羊坦白说她曾向饮水池里撒过尿——她说是斯诺博尔迫使她这么干的——另外两只羊坦白说他们谋

Animal Farm
动物庄园

—*Animal Farm* | 动物庄园 —

杀过一只老公羊，是拿破仑的一位特别忠诚的追随者，在这只老公羊患咳嗽的时候，他们追着他围着火堆绕来绕去。他们都被当场杀害了。坦白和死刑的故事就这样继续着，直到拿破仑脚前躺着一堆尸体，空气中弥漫着浓烈的血腥味，自从琼斯被驱逐以来，这样的事情还从没有出现过。

等这一切都结束了，剩余的动物，除了猪和狗以外，都挤成一堆悄悄离开了。他们非常震惊和痛苦。他们不知道到底什么更可怕——是那些和斯诺博尔结成同盟的背叛，还是刚才目睹的这些残酷的惩罚。过去，和这种血腥杀戮的情景同样可怕的事也时常有。但在他们看来，如今的情况要更糟糕，因为这就发生在他们自己中间。自从琼斯逃离庄园，直到今天，没有动物杀害过其他动物，就连老鼠也未曾被杀害。他们来到小山包上，完成了一半的风车就耸立在那里，他们都不约而同地躺下来，好像是为了取暖而挤在一起——克洛弗、穆丽尔、本杰明、奶牛、羊及一群鹅和母鸡——事实上，大家都在这里，除了那只猫，她在拿破仑命令动物们集合之前就突然失踪了。一时间，大家都没有说话，只有博克瑟仍然站着，他烦躁不安地走来走去，他那黑色的长尾巴在自己身上不停地抽打着，偶尔还发出一丝低沉的惊叫声，最后他说话了。

"我不明白，我真不愿意相信这种事会发生在我们庄园里。这一定是由于我们自己的一些错误造成的。在我看来，解决方法就是要更加努力工作。从现在起，早上，我要提前整整一个小时起床。"

他拖着沉重的步子走开了，走向采石场。到了那里，他连续收集了两车石头，并把它们都拉到风车那里，直到晚上才休息。

动物们挤在克洛弗身边，默然无语。他们躺着的山包，给他们一个广阔的视野，可以看到整个乡村的景色。动物庄园的大半部分都尽收眼底——狭长的牧场向下延伸到那条大路、干草地、灌木林、饮水池、翻耕过的田地里长着茂盛而碧绿的麦苗，还有草滩、树林、饮水池塘，还有庄园里的红色屋顶上从烟囱冒出来的缕缕炊烟。这是一个晴朗春天的傍晚，夕阳的余晖给草地和葱郁的树篱镀上了一层金色。他们突然惊讶地想起，这是他们自己的庄园，每一寸土地都归他们所有——此刻展现在动物们面前的竟是一个如此向往的地方。克洛弗看着下面的山坡，眼里噙满了泪水。如果她能说出她的想法，她肯定会说，这不是她们几年前努力为推翻人类时设立的目标。这些恐怖和杀戮的情景，不是那个晚上老梅杰第一次煽动她们反叛的时候她们所期待的。

如果她对未来的情景还有什么设想的话，那就是摆脱了饥饿和鞭打的动物世界，一律平等，各尽其能劳动，强者保护弱者，就像是在梅杰演讲的那个晚上，她曾经用前腿保护着那最后才到的一群小鸭子一样。但她不知道为什么——她们已经处在一个不敢说出真实想法的时代，一个恶狗叫嚣四处横行的时代，一个坦白恐怖的罪行后看着自己的同志们被撕成碎片的时代。她脑海里没有造反或抗命的想法。她知道，尽管事情是这样，她们也比在琼斯时代的日子好多了，再说，她们现在必须要做的事情是要防备人类卷土重来。不管发生了什么事，她仍然要忠心耿耿，辛勤劳动，完成交给自己的任务，服从拿破仑的领导。但是，她和其他所有动物曾希望并为之辛苦工作的，并不是为了这些；她们建造风车，面对琼斯的枪林弹雨也不是为了这些。这就是她的想法，虽然她缺乏语言文字把它们表达出来。

　　最后，她感觉实在没能找到合适的语言来表达，只能以某种方式来代替，于是她开始唱《英格兰动物》。围在她身边的动物跟着唱了起来。她们唱了三遍——非常和谐，但却缓慢而哀伤，她们以前还从没用这样的方式唱过这首歌。

　　她们刚唱完第三遍，斯奎拉就在两条狗的陪同下走近他们，面带着好像有什么重大事情要说的神情。他宣布，遵照拿破仑同志的一项特别命令，《英格兰动物》已经被废除了。从现在起，禁止再唱这首歌。

动物们大吃一惊。

"为什么？"穆丽尔大声说道。

"不再需要了，同志，"斯奎拉冷冷地说，"《英格兰动物》是起义的歌，但起义现在已经完成了。今天下午对叛徒的处决就是最后的行动。外部和内部的敌人已经被打败了。在《英格兰动物》中，我们表达的是对未来美好社会的渴望，但这个社会现在已经建立了。很明显这首歌不再有什么意义了。"

尽管他们感到害怕，有些动物可能要抗议。但就在这时，羊照例大声地咩咩喊起来："四条腿好，两条腿坏。"持续了好几分钟，争议也就此结束了。

于是，再也听不到《英格兰动物》这首歌了。取而代之的，是诗人米尼缪斯谱写的另外一首歌，它的开头是：

动物庄园，动物庄园，
我永远不会让你遭受不幸！

Animal Farm
动物庄园

—— *Animal Farm* | 动物庄园 ——

从此，每个星期天早晨升旗之后都要唱这首歌。但不知怎么回事，对动物们来说，无论是歌词还是曲调，这首歌似乎都比不上《英格兰动物》了。

第八章

几天以后，这次行刑引起的恐慌已经平息下来了，有些动物才记得——或者他们自以为才记得——第六条戒律规定："任何动物不得杀害其他动物。"尽管谁也不愿意在提起这事时让猪或狗听见，他们还是觉得已经发生的杀戮与这一条戒律不一致。克洛弗请求本杰明给她读一下第六条戒律，而本杰明却像往常一样说他不愿意管这种闲事。于是她找到穆丽尔。穆丽尔给她读了这条戒律，上面写着："任何动物不得无缘无故杀害其他动物。"不知怎么回事，后面这几个字，动物们已经不记得了。但他们现在却清楚地看到，杀掉那些与斯诺博尔沆瀣一气的叛徒是有充分的理由的，并没有违犯这条戒律。

整整这一年，动物们比前一年干得更加辛苦。重建风车，墙壁是之前的两倍厚，还要如期完成，再加上庄园里那些日常的工作，任务繁重而艰巨。对动物来说，他们已经不止一次地感觉到，他们干活儿的时间比琼斯时代更长，吃得也不比那个时代好。每到星期天早上，斯奎拉总是用蹄子夹着一张长纸条，向他们宣读一串数字，以此证明各类食物产量正在增加，有增加了百分之二百的，有增加了百分之三百或者百分之五百的，根据具体情况而不同。动物们觉得没有理由不相信他，特别是由于他们再也记不清楚起义前的情形到底是什么样了。不过，他们常常觉得，宁愿要这些数字减少一些，而食物更多一些。

所有的命令现在都是通过斯奎拉或者另外一头猪发布的。拿破仑自己则两星期也难得在公共场合看见一次。他露面的时候，不仅有狗侍卫随从，而且还有一只黑色小公鸡在前面开路，就像吹鼓手一样，在拿破仑讲话前，大声发出"喔——喔——喔"的叫声。据说，就是在庄主院里，拿破仑也和其他猪分开住在单独的房间里。他在两条狗的服侍下独自用餐，而且还总是用皇冠德贝瓷器餐具用餐，那些餐具原来是在客厅的玻璃橱柜里的。此外，还宣布说，每年拿破仑生日那天要鸣枪，就像其他两个纪念日一样。

现在，对拿破仑不能简单地称呼"拿破仑"了。提到他的时候要用正式的称呼——"我们的领袖拿破仑同志"，而那些猪还喜欢给他发明一些这样的头衔，如"动物之父""人类的克星""羊的保护神""鸭子的朋友"等等。斯奎拉每次演讲时，总要泪流满面地大谈一番拿破仑的英明和他的慈善心肠，对普天之下所有动物的至深至爱，特别是对那些在其他庄园里在愚昧和奴役中生活的不幸的动物。每一项成功和每一件幸运的事情，通常都要给拿破仑冠以荣誉。你会常常听到一只母鸡对另一只母鸡这样说道："在我们的领袖拿破仑同志的领导下，我在六天之内下了五个蛋。"或者两头正在水池边喝水的奶牛声称："多亏拿破仑同志的领导，这水尝起来真是非常不错！"庄园里的整个精神状态，充分体现在一首名为《拿破仑同志》的诗中，这首诗是米尼缪斯创作的，全诗内容如下：

孤儿的朋友！
幸福的源泉！
赐予食物的上帝！
您那平静威仪的眼睛
就像天空的太阳，
每当我凝视您时
啊！我的精神是多么激昂
拿破仑同志！
是您赐予

那万物生灵的所有至爱,
每日饱食两顿,干净的稻草上可以打滚,
所有动物不论大小,
都在窝棚里安然入睡,
因为有您的守护,
拿破仑同志!
如果我有头尚在吸奶的小猪,
在他长大成猪之前,
哪怕他小得像奶瓶、像擀面杖,
他也应该学会
对您忠诚可靠,
是的,他的第一声尖叫肯定是
"拿破仑同志!"

  拿破仑对这首诗非常满意,并让手下把它题刻在大谷仓的墙上,和"七戒"遥遥相对。诗的上方是拿破仑的一幅侧面画像,是斯奎拉用白漆画成的。

  与此同时,通过温伯尔的中介作用,拿破仑正着手与弗雷德里克和皮尔金顿进行复杂的谈判。那堆木材还没有卖掉。在这两个人中,弗雷德里克更急于得到它,但他又不想出一个合理的价钱。同时，又有谣言开始流传，说弗雷德里克和他的伙计们正图谋袭击动物庄园，并破坏风车，因为风车的建造已经激起他狂热的妒火。据说，斯诺博尔就藏在平奇菲尔德庄园。仲夏时节，动物们又惊恐地听说，有三只母鸡主动坦白交代，由于受到斯诺博尔的鼓动，她们参与了一起谋杀拿破仑的阴谋。这三只鸡立刻被处决了。随后，为了拿破仑的安全，又采取了新的预防措施，晚上有四条狗守护他的床，每个床脚一条狗，一头名叫红眼睛的小猪被授予这样一个任务，在拿破仑吃饭前试吃他的食物，以防食物有毒。

差不多同时，有消息放出说拿破仑准备把那堆木材卖给皮尔金顿先生；他还打算商谈一项定期协议，在动物庄园和福克斯伍德庄园之间交换某些产品。尽管这只是通过温伯尔牵线，但拿破仑和皮尔金顿的关系现在是相当的好。动物们并不信任皮尔金顿这个人，但和弗雷德里克这个让他们既害怕又讨厌的人相比，他们更喜欢皮尔金顿。随着夏天的渐渐消逝，风车快要完工了，那个关于即将发生一次危险的袭击的谣言愈演愈烈。据说，弗雷德里克打算对他们采取行动，他带了二十个全副武装的人来，而且他已经收买了地方官员和警察。这样，一旦他能把动物庄园的地契弄到手,那些官员和警察就对此不闻不问。而且,可怕的消息正从平奇菲尔德庄园透露出来,说弗雷德里克正用他的动物进行残酷的实验。他把一匹老马鞭打致死了,他让奶牛饿死,还把一条狗扔到火炉里烧死了。晚上,他把剃刀碎片绑在公鸡爪子上,让它们互相打斗娱乐。当听到这些事情正发生在自己的同志身上,动物们热血沸腾,义愤填膺,他们不时叫嚷着请求全体出动去袭击平奇菲尔德庄园,赶走那里的人,解放那里的动物。但斯奎拉告诫他们,要避免冒失的行动,要相信拿破仑同志的战斗策略。

  尽管如此,反对弗雷德里克的情绪还是继续高涨。一个星期天的早晨,拿破仑出现在大谷仓,他解释说在任何时候他都没有打算把那堆木料卖给弗雷德里克。他说,和那个恶棍做交易有损他的尊严。那些派出去散布起义消息的鸽子,被严禁在福克斯伍德庄园的任何地方落脚。他还下令,把他们以前"灭亡人类"的口号换成"灭亡弗雷德里克"。夏末,斯诺博尔的另一个阴谋诡计被揭穿了。麦田里长满了杂草,原来是斯诺博尔在某个晚上潜入庄园,把草籽掺进了谷物种子里。一只曾秘密参与这一阴谋的雄鹅向斯奎拉坦白了罪行。随后,他立即吞食颠茄果自杀了。动物们现在还了解到,斯诺博尔从来没有——像他们大多

Animal Farm
动物庄园

—— *Animal Farm* | 动物庄园 ——

数至今仍相信的那样——获得过"一级动物英雄"的嘉奖。这只不过是一个传说,是在牛棚大战后,斯诺博尔自己散布的。他非但没有被授勋,反而由于在战斗中表现胆小怯懦而受到谴责。有些动物听到这件事的时候再一次有些困惑,但斯奎拉很快就能让他们确信是他们自己记错了。

秋天到了,经过动物们艰苦卓绝、竭尽全力——保收割的同时——风车终于竣工了。接下来还得安装机器,温伯尔正在为购买机器的事谈判,但主体已经完成了。且不说他们经历的每一项困难,也不管他们的经验多么缺乏,工具多么简单粗糙,运气多么糟糕以及斯诺博尔的阴谋破坏,整个工程一天不差地如期完成了!动物们筋疲力尽,但却满怀自豪,他们绕着自己的杰作一圈一圈地走着,在他们眼里,风车好像比第一次建得更漂亮了,而且,墙也是之前的两倍厚。这一次,除了炸药,什么东西都休想摧倒!回想起来,他们为此不知多么辛劳,克服了多少困难,但是一想到当风车的翼板转动就能带动发电机,他们的生活将会发生巨大的改观——想到所有的这一切,他们的疲劳消失了,围着风车欢呼雀跃起来,发出胜利的呼喊。拿破仑在狗和公鸡的前呼后拥下,亲自下来视察完成的工程,并亲自对动物们的成就表示祝贺,并宣布这个风车将命名为"拿破仑风车"。

两天后,动物们被召集到大谷仓召开一次特别会议。当拿破仑宣布他已经把那堆木材卖给弗雷德里克的时候,动物们都惊呆了。第二天,弗雷德里克的四轮马车就要来把木材拉走。整个这段时间里,拿破仑看似和皮尔金顿友好,实则已经和弗雷德里克达成了秘密协议。

与福克斯伍德庄园的一切关系都已经破裂了,他们向皮尔金顿发出了侮辱的消息,鸽子被告知要避开平奇菲尔德庄园,还把"灭亡弗雷德里克"的口号改为"灭亡皮尔金顿"。与此同时,拿破仑向动物们保证,所谓动物庄园即将遭到袭击的说法完全是不真实的,有关弗雷德里克凶残对待他的动物们的谣言,也被极大地夸张了。所有的这些谣言都很有可能源自斯诺博尔及其同伙。总之,现在看来斯诺博尔并没有藏在平奇菲尔德庄园。事实上,他一生中从来没有去过那里:他正住在福克斯伍德庄园——据说生活相当奢侈。而且多年来,他实际上就是皮尔金顿的一个食客。

猪们都为拿破仑的精明圆滑欣喜若狂。通过表面上与皮尔金顿友好,他就迫使弗雷德里克把价钱提高了十二英镑。斯奎拉说,拿破仑思想的卓越之处,实际上就体现在他不相信任何人,即便是对弗雷德里克也如此。弗雷德里克曾想用一种所谓支票的东西支付木料钱，那玩意儿就像一张纸，上面写着保证支付之类的诺言。但拿破仑太聪明了，不是他能欺骗得了的，他要求用真正的五英镑面额的钞票付款，而且要在木料拉走前付钱。弗雷德里克已经付清了，他所付的数额刚好够为风车买机器。

与此同时，木料很快就被拉走了。等全部拉走之后，在大谷仓里又举行了一次特别会议，让动物们看一下弗雷德里克付的钞票。拿破仑眉开眼笑，戴着他的两枚奖章，端坐在台子上的一个草垫子上，钱就在他身边，整齐地码放在从庄主院厨房里拿来的瓷盘上。动物们列队缓慢地经过，大饱眼福。博克瑟伸出鼻子嗅了嗅那钞票，那堆白色的薄纸片在他的呼吸搅动下，沙沙作响。

三天后，发生了一阵可怕的骚乱。温伯尔面色如死人一般苍白，骑着自行车沿着小路飞奔而来。他把自行车扔在院子里，径直冲进庄主院。没过多久，从拿破仑的房间里响起一阵令人窒息的怒吼声。出事了，这消息像野火一般迅速传遍整个庄园。钞票是假的！弗雷德里克白白得到了木材！

拿破仑立即把动物们召集起来，宣布判处弗雷德里克死刑，声音非常恐怖。他说，抓住弗雷德里克的时候，要把他活活煮死。同时，他警告动物们，这个背信弃义的行动之后，最糟糕的事情也会即将发生。弗雷德里克和他的伙计们可能随时都会发动他们蓄谋已久的袭击。所有通向庄园的路口都布置了岗哨。此外，四只鸽子被派往福克斯伍德庄园送去一封和好的信件，希望与皮尔金顿重修旧好。

就在第二天早晨，袭击开始了。当时动物们正在吃早餐，哨兵飞奔来报，说弗雷德里克及其属下已经通过五道门闩的大门了。动物们非常勇敢，向他们迎头出击，但这次他们没有像牛棚大战那样轻易取得胜利了。敌人这一次是十五个人，六条枪，他们一走到距离五十码远的地方就马上开火了。动物们没法抵挡这可怕的爆炸和造成刺痛的子弹，尽管拿破仑和博克瑟奋力把他们集合起来，可他们很快就被打退回来。很多动物已经受伤了。他们躲进庄园的窝棚里，透过墙缝，透过木板上的节孔小心地往外偷看。整个大牧场，包括风车，都已落入敌手。此刻就连拿破仑也好像已不知所措了。他一言不发地走来走去，尾巴僵硬，还不停抽搐着。他不时朝福克斯伍德庄园方向投去渴望的眼光。如果皮尔金顿和他的伙计们能帮他们的话，今天还有可能取得胜利。但这时，前一天派出的那四只鸽子返回来了，其中有一只带着皮尔金顿的一张碎纸片。纸上用铅

Animal Farm
动物庄园

—— *Animal Farm* | 动物庄园 ——

笔写着:"你们活该。"

与此同时,弗雷德里克和他的伙计们已经在风车周围停下了。动物们看着他们,惊恐地嘀咕起来,有两个人拿出一根铁锹和一把大锤,他们准备拆毁风车。

"不可能!"拿破仑大声喊道,"我们已经把墙砌得那么厚了。一星期内他们也不可能拆毁。勇敢点儿,同志们!"

但本杰明仍在一心一意注视那些人的举动。拿着大锤和铁锹的那两个人,正在风车的地基附近钻孔。本杰明带着几乎是戏弄的神情,慢吞吞地呶了呶他那长长的嘴巴。

"我觉得他们就会这样。"他说,"你们没看见他们在做什么吗?过一会儿,他们就要往那孔里填充炸药。"

太恐怖了,动物们等待着。现在冒险从窝棚冲出去是不可能的。几分钟后,眼看着那些人朝四下跑开,接着是一声震耳欲聋的轰鸣。鸽子盘旋着飞到空中,所有的动物,除了拿破仑,全都猛地趴倒在地上,把脸藏起来。他们起来的时候,风车上空飘荡着一团巨大的黑色烟雾。微风慢慢把烟雾吹散了。风车已荡然无存!

看到这样的情景,动物们又重新鼓起了勇气。他们刚才所感到的恐惧和绝望,已淹没在由这种卑鄙无耻的行径所激起的愤怒中了。一阵强有力的报仇呐喊声突然响起,动物们不等下一步命令，便一齐向前冲向敌人。这一次，他们不在乎像冰雹一样扫射到他们身上的无情的子弹。这是一场残酷的充满仇恨的战斗。那帮人不停地射击，等动物们走近的时候，他们就用棍棒和沉重的靴子猛烈击打。一头牛、三只羊和两只鹅被杀害了，差不多每只动物都受了伤。就连一直在后方指挥作战的拿破仑也被一颗子弹削去了尾巴尖。但那帮人也并非没有受伤。有三个人的头被博克瑟的蹄子打破了；另一个人的肚子被一头牛的犄角刺伤；还有一个人的裤子几乎被杰西和布鲁贝尔撕破了。给拿破仑当贴身保镖的那九条狗，奉他的命令在树篱的掩护下迂回包抄，突然出现在那帮人的侧翼，凶猛地狂叫起来，把那帮人吓得惊恐不安了。他们发现自己有被包围的危险。弗雷德里克趁还有退路便喊他的同伙撤出去，不一会儿，那些胆小怯懦的敌人便拼命地逃跑了。动物们一直把他们追到庄园边上，在他们从那片荆棘树篱中夺路而逃时，还最后踢了他们几下。

他们胜利了，但他们都已是精疲力竭、鲜血淋漓。他们一瘸一拐地慢慢走回庄园。看到横躺在草地上死去的同志们，有些动物伤心得流泪。他们在之前矗立着风车的地方停住了，悲伤无言地站了一会儿。是的，风车没了；他们劳动的最后一丝痕迹也几乎没了！甚至连地基也有一部分被毁掉了。这一次要是重建风车的话，也不能像上次那样有坍塌的石头可以利用了。这一次连石头都不见了。爆炸的威力把石头抛到了几百码以外，好像这风车从来都没有过一样。

当他们走近庄园，斯奎拉蹦蹦跳跳地朝他们走过来，兴高采烈地摇头摆尾。战斗期间，他莫名其妙地不见了。就在这时，动物们听到从庄园的窝棚方向传来庄严的隆隆鸣枪声。

"为什么要鸣枪？"博克瑟问。

"庆祝我们的胜利！"斯奎拉大声说道。

"什么胜利？"博克瑟说。他的膝盖在流血，掉了一个马蹄铁，蹄子也裂开了，另外，他的后腿还中了十二颗子弹。

"什么胜利，同志？难道我们没有从我们的土地上——动物庄园的神圣土地上把敌人赶走吗？"

"但他们摧毁了风车，我们为此花了两年的时间！"

"那有什么关系？我们将另外修建一座风车。如果我们愿意的话我们可以修建六座风车。你不会明白的，同志，我们已经干了一件多么伟大的事情。敌人曾占领了我们脚下的这块土地。而现在呢，多亏拿破仑同志的领导，我们又把每一寸土地重新夺回来了！"

"可我们夺回来的是我们原来就有的。"博克瑟说道。

"这就是我们的胜利。"斯奎拉说。

他们一瘸一拐地走进院子。博克瑟腿皮子下的子弹使他疼痛难忍。他知道，摆在他面前的将是一项从地基开始重建风车的繁重劳动，他还想象他已经为这项工作振作起来了。但是，他第一次想到他已经十一岁高龄了，他那强壮的肌肉也许已经不能和以前同日而语了。

但当动物们看到那面绿色的旗帜在飘扬，再次听到鸣枪———一共鸣了七下———听到拿破仑的讲话，祝贺他们的行动，他们似乎觉得，毕竟他们取得了一次伟大的胜利。他们为在战斗中死去的动物举行了一个隆重的葬礼。博克瑟和克洛弗拉着当作灵车的四轮马车，拿破仑自己走在队伍的前面。整整花了两天的时间来庆祝，有唱歌、演讲，还少不了鸣枪，给每一个动物都分发了一个苹果作为特殊的礼物，每只家禽得到了二盎司谷物，每条狗得到了三块饼干。还宣布说，这场战斗将命名为"风车大战"，拿破仑还设立了一个新的奖章———"绿旗勋章"，并把它授予自己。在这一片欢庆之中，那个不幸的钞票事件被忘记了。

庆祝活动过去几天后，猪偶然在庄主院的地窖里发现了一箱威士忌。他们刚住进这房子的时候并没注意到。那天晚上，从庄主院里传出一阵吵闹的歌声，令动物们奇怪的是，中间还夹杂着《英格兰动物》的乐曲。大约在九点半的时候，只见拿破仑戴着琼斯先生的一个旧圆顶礼帽，从后门出来，在院子里飞奔了一圈，又消失在屋子里。但第二天早晨，庄主院内一片沉寂，没看到一头猪走动。差不多九点钟时，斯奎拉出现了，缓慢地走着，情绪低落，目光呆滞，尾巴无精打采地拖在身后，浑身上下透露出病怏怏的气息。他把动物们叫到一起，告诉他们，他有一个沉痛的消息要宣布：拿破仑同志病危！

一阵恸哭声随即响起。庄主院门外铺着稻草，动物们踮着蹄子尖从那上面走过。他们眼含泪花相互询问：要是他们的领袖拿破仑离开了，他们该怎么办。谣言不胫而走，说斯诺博尔最终还是想方设法把毒药掺到了拿破仑的食物里。十一点，斯奎拉出来发布另一项公告。作为他弥留之际的最后一道法令，拿破仑同志宣布了一项庄严的法令：饮酒者要处以死刑。

可是到了傍晚，拿破仑好像有些好转了。第二天早上，斯奎拉告诉他们，拿破仑正在康复中。那天晚上，拿破仑就回来工作了。第三天，动物们才得知，他已经让温伯尔在威灵顿买了一些有关蒸馏及酿酒方面的小册子。一周后，拿破仑下令，把果园那边的小牧场翻耕一下，那牧场是之前打算留出来为退休的动物作草场用的。现在却说牧草已经耗尽，需要重新播种；但不久大家就知道了，拿破仑打算在那里播种大麦。

大概就在这时，发生了一件奇怪的事情，几乎没有谁能明白。一天晚上大约十二点钟，院子里传来一阵巨大的轰隆声，动物们都冲出窝棚去看。那是一个月光皎洁的晚上，在大谷仓一头的墙角处，写着"七戒"的地方，横着一架断为两截的梯子。一时昏迷不醒的斯奎拉趴在梯子旁边，他手边放着一盏马灯，一把油漆刷，一只打翻的白漆桶。狗立即围成一个圈把斯奎拉包围起来，等他刚刚能走路，就护送他回到了庄主院。没有动物能弄明白这是怎么回事，除了老本杰明，他呶了呶他的长嘴巴，露出一副心知肚明的神情，似乎明白了，但他什么也没说。

但是几天后，穆丽尔自己仔细阅读了一遍"七戒"。她注意到，还有另外一条戒律动物们都记错了。他们原以为第五条戒律是"凡是动物都不得饮酒"，但有两个字他们都忘了，实际上那条戒律是"凡是动物都不得饮酒过度"。

第九章

　　博克瑟开裂的蹄子过了很长时间才愈合。庆祝活动后的第二天，动物们便开始重建风车。博克瑟一天都不肯休息，为了脸面，他忍着痛苦不让别的动物看出来。到了晚上他私下告诉克洛弗，他的蹄子疼得他难以忍受。克洛弗把草药用嘴巴嚼烂给他敷在蹄子上。她和本杰明一起力劝博克瑟干活别那么卖力。克洛弗对他说："一匹马的肺不能永远持续下去。"但博克瑟不听。他说，他真正的心愿只有一个——在他到退休年龄之前，能看到风车顺利运转起来。

　　起初，当动物庄园的法律第一次制订时，退休年龄分别规定为：马和猪十二岁，牛十四岁，狗九岁，羊七岁，鸡和鹅五岁，还商定要发放充足的养老金。虽然还没有动物真正退休领过养老金，但最近这个话题讨论得越来越多了。由于苹果园那边的那块小牧场已被留作种大麦了，又有谣言说，大牧场的一角要被围起来变成退休动物的牧场。据说，每匹马的养老津贴是每天五磅谷物，到冬天是每天十五磅干草，公共节假日还有一根胡萝卜，或者尽可能有一个苹果。博克瑟的十二岁生日就在第二年的夏末。

这期间的生活非常艰难。冬天像去年一样冷，而食物却更短缺了。除了那些猪和狗之外，所有动物的配给粮再次减少。斯奎拉解释说，在定量上过于严格的平等是和动物主义原则背道而驰的。无论如何，他都毫不费力地向其他动物证明，无论表面上如何，实际上他们并不缺粮。当然，暂时调整一下配给量是有必要的（斯奎拉总说这是"调整"，从不说"减少"），但和琼斯时代相比，进步是巨大的。他用尖细的声音快速读出了一串数字，向大家详细证明，他们比琼斯时代拥有更多的燕麦，更多的干草，更多的萝卜，而且工作时间更短，饮用水的质量更好，他们活得更长了，他们幼崽的存活比率更大，窝棚里有了更多的稻草，而且跳蚤的侵扰也少多了。动物们相信他说的每一句话。说实话，琼斯以及他所代表的一切已经差不多从他们的记忆中淡出了。他们知道，现在的生活很艰难，勉强度日，他们经常挨饿受冻，他们不睡觉的时候通常都干活儿。但毋庸置疑，过去的日子更糟糕。他们乐意相信这些。而且，那时候他们被奴役，现在却是自由的。正如斯奎拉总是不忘说出的话，这一点使一切都截然不同。

我说不出这心为什么那样默默地颓丧着。

是为了它那不曾要求、不曾知道、不曾记得的小小的需要。

妇人，你在料理家务的时候，你的手足歌唱着，正如山间的溪水歌唱着在小石中流过。

Animal Farm
动物庄园

—— *Animal Farm* | 动物庄园 ——

现在有更多张嘴要喂养。秋天,四头母猪差不多同时都产仔,共生下三十一头小猪。这些小猪都是花斑猪,拿破仑是庄园里唯一的公猪,所以很容易猜出他们的出身。不久就有公告说,等买好了砖头和木材后,就在庄主院的花园里建一间教室。目前,这些小猪在庄主院的厨房里接受教育,由拿破仑亲自授课。这些小猪平常在花园里活动,而且不许他们和其他年幼的动物一起玩耍。大约也是这个时候,又颁布了一条规定,说当猪和其他任何动物在路上相遇时,其他动物必须站到一边;同时还规定,所有的猪,不管地位如何,均享有星期天在尾巴上佩戴绿色饰带的特权。

庄园度过了相当顺利的一年。但是,资金仍然缺乏。建教室用的砖头、沙子、石灰都得去买,而且还必须得开始攒钱买风车所需的机器设备。此外,庄主院需要的灯油和蜡烛,拿破仑自己食用的糖(他禁止其他猪吃糖,理由是糖会让他们肥胖),以及所有日常用的勤杂品,如工具、钉子、绳子、煤、铁丝、铁片和狗食饼干,也是一笔不小的开销。剩余的干草和部分土豆收成已经卖掉了,合同上规定的鸡蛋又增加到每星期六百枚。所以,在这一年中,母鸡孵出的小鸡仅勉强使鸡的数量维持在原有的水平。十二月份已经减少过的口粮，二月份又削减了一次，为了节省油，窝棚里也禁止点灯。不过猪好像很舒服，事实上，即使存在上述情况，他们的体重仍在增加。二月末的一个下午，一股新鲜、浓郁、诱人的香味，也是动物们之前从未闻到过的香味，从小酿酒房里穿过院子飘荡过来，那间小酿酒房矗立在厨房那边，早在琼斯时代就废弃不用了。有动物说，这是蒸煮大麦的味道。动物们都贪婪地吸着这香味，都想着这是不是在为他们的晚餐准备热乎乎的大麦糊糊。但是，热乎乎的大麦糊糊没有出现，而且在随后的那个星期天又有公告说，从现在起，所有的大麦要储藏给猪用。果园那边的那块地里已经播种大麦了。不久，又有消息透露出来，现在每头猪每天都有一品脱啤酒的定量配额，而拿破仑自己则有半加仑，一直都是用王冠德比陶瓷的盛汤盖碗盛给他享用的。

但是，不管忍受了什么艰难困苦，只要一想到现在的生活比以前更有尊严的事实，他们也就在一定程度上抵消平和了。现在有了更多的歌声，更多的演讲，更多的游行。拿破仑已经下令，每周应当举行一次所谓的"自发游行"的活动，目的在于庆祝动物庄园的斗争和胜利。每到既定时刻，动物们便放下工作，在武装编队下绕着庄园游行,猪领队,然后是马、牛、羊,接着是家禽。狗在队伍的两侧,拿破仑的黑公鸡走在队伍的最前面。博克瑟和克洛弗还总要扯着一面绿色的旗帜,上面标着蹄子和犄角,还有"拿破仑同志万岁!"的标语。游行之后,是朗诵赞美拿破仑的诗歌,接着是演讲,由斯奎拉详细报告关于粮食增产的最新数据,而且还要不时鸣枪庆贺。羊是"自发游行"活动最热情的拥护者,如果有谁抱怨(当没有猪或狗在附近时,有少数动物会抱怨)说他们是在浪费时间,只是意味着长时间站着受冻,羊肯定就会发出巨大的咩咩喊声"四条腿好,两条腿坏!"让他们无话可说。但总的来说,动物们还是很喜欢这些庆祝活动的。毕竟,他们发现正是这些活动让他们感觉慰藉,他们真正是自己的主人,他们所干的活儿都是在为自己谋福利。所以,在歌声中,在游行中,在斯奎拉的那一串串数字中,在轰隆的鸣枪声中,在黑公鸡的啼叫声中,在旗帜飘扬中,他们就能忘记自己的肚子还是空空的,至少在部分时间里是这样。

　　四月份,动物庄园宣布成立"共和国",选举一位总统就变得非常必要。只有一位候选人——拿破仑,全体一致通过选举他为总统。同一天,又发布了新文件,已经发现揭露斯诺博尔和琼斯共谋的进一步的详细材料。现在看来,正如动物们之前想象的一样,斯诺博尔不仅通过蒙蔽其他动物的花招企图输掉"牛棚大战",而且是公开地站在琼斯一边作帮凶。事实是,他才是那伙人的真正领导者,并且还高喊着"人类万岁!"冲锋陷阵,有少数动物还记得看到斯诺博尔背上的伤口,那是拿破仑的牙齿咬的。

仲夏时节,乌鸦摩西在失踪了好几年之后,突然又出现在庄园上。他完全没有变化,仍然不干活儿,仍然以同样的调子一如既往地谈论有关"糖果山"的事情。谁要是愿意听,他就栖息在一个木桩上,拍打着黑色的翅膀,一说就是几个小时。"在那里,同志们,"他正儿八经地说着,并用大嘴巴指向天空——"在那里,就在你们能看到的那团乌云那边,'糖果山'就位于那里,那个幸福的国度是我们可怜的动物摆脱劳作后永远休息的地方!"他甚至声称曾在一次翱翔中到过那里,并看到了无垠的苜蓿地,亚麻子饼和方糖就长在树篱上。很多动物都相信他。他们推想,他们现在生活饥饿劳累,别的地方应该存在一个更好的世界难道有什么不对吗?一件难以确定的事情是猪对待摩西的态度。他们都轻蔑地声称他关于"糖果山"的故事全是谎言,可他们仍然允许他留在庄园,不干活,每天还给他一及耳的啤酒作为津贴。

博克瑟的蹄子痊愈后,他干活比以前更努力了。实际上,所有的动物在那一年就像奴隶一样劳作。庄园里除了那些日常的活儿以及重建风车之外,还要给那些小猪修建教室,这是在三月份开始的。有时候,长时间的食物不足让他难以忍受,在食不果腹的情况下,长时间劳动是难以忍受的,但博克瑟从未迟疑退缩。他的一言一行没有任何迹象表明他的力气不如从前。只是他的外貌有点小的改变:他的皮毛没有以前那么有光泽了,他粗壮的腰部看起来也萎缩了。其他动物说"等春天的草长出来时,博克瑟就会好转的";但春天来了,博克瑟并没有长胖。有时,当他在通往采石场顶部的坡上,用尽全身力量顶着那些巨大圆石的重量时,支撑他的力量除了锲而不舍的意志外好像就没有别的了。每当这种时候,他的嘴唇看上去好像在默念那句"我会更加努力工作",但又没有声音。克洛弗和本杰明再一次警告他,要爱护自己的身体,但博克瑟并不在意。他的十二岁生日就要到了,他对发生的事情并不关心,只是想着在领取养老金之前积攒足够多的石头。

夏天的一个傍晚,一个突如其来的谣言传遍了庄园,博克瑟出事了。他独自出去了,拉了一车石头往风车那里去了。果不其然,消息是真的。几分钟后,两只鸽子竞相飞回来,带来消息说:"博克瑟倒下了！他现在正侧身躺在那里,起不来了！"

庄园里大约有一半动物冲出去了,朝修建风车的那个小山包跑去。博克瑟躺在那里,在二轮运货马车的车辙之间,脖子伸着,连头也抬不起来。他的眼睛呆滞,两边的躯体被汗水浸透。一股稀稀的鲜血从嘴里流出来。克洛弗跪倒在他身边。

"博克瑟！"她哭喊着,"你怎么啦？"

"是我的肺,"博克瑟用微弱的声音说,"没关系,我想没有我你们也能够把风车建成,积攒的石头已经很多了。无论如何我只有一个月的时间了。跟你说实话,我一直期盼退休。本杰明也老了,也许他们会让他和我同时退休,跟我做个伴。"

"我们必须马上得到帮助,"克洛弗说,"快,谁去告诉斯奎拉出事啦。"

其他动物立即跑回庄主院,告诉斯奎拉这一消息。只有克洛弗和本杰明留下来,本杰明躺在博克瑟身边,悄无声息地用他的长尾巴给博克瑟赶苍蝇。大约一刻钟后,斯奎拉出现了,满怀同情和关心。他说拿破仑同志已经知道这件事情,对庄园里一位最忠诚的成员遭遇这样的不幸感到最深切的悲痛,他已安排把博克瑟送往威灵顿的医院接受治疗。动物们对此感到有些不安,除了莫莉和斯诺博尔之外,没有其他动物离开过庄园,他们不愿想到他们一位患病的同志在人类的掌控中。但是,斯奎拉很容易就把他们说服了,他说威灵顿的兽医能更有效地治好博克瑟的病,这在庄园里是不能做到的。大约半小时后,博克瑟稍微有些好转了,他艰难地站起来,一瘸一拐地缓慢地回到他的厩棚,由克洛弗和本杰明用稻草给他准备了一个舒适的床。

接下来的两天里,博克瑟待在他的厩棚里。猪送来了一大瓶粉红色的药,那是他们在卫生间的药品箱里找到的,克洛弗把药给博克瑟服下,每天两次,饭后服用。晚上,她躺在博克瑟的厩棚里和他聊天,而本杰明给他赶苍蝇。博克瑟表示对所发生的事并不后悔。如果他能恢复得很好,他还希望再活三年,他期待能在大牧场的一角平静地度过那些日子。那将是他第一次有空闲时间来学习,提升智力。他说,他打算用自己的余生致力于学习字母表上剩余的二十二个字母。

然而,本杰明和克洛弗只有在收工之后才能陪伴博克瑟。一天中午,一辆货车来把博克瑟拉走了。当时,动物们正在一头猪的监督下忙着给萝卜除草;忽然,他们吃惊地看着本杰明从庄园窝棚的方向飞奔而来,一边还扯着嗓子大喊。这是他们第一次看到本杰明如此激动——实际上,也是第一次看到他飞跑。"快,快!"他大声叫喊,"快来呀!他们要把博克瑟拉走!"没等猪的命令,动物们全都停止干活,跑回窝棚去了。果然,院子里停着一辆由两匹马拉的封闭大货车,车身上写着字,一个头戴低檐圆顶礼帽满脸奸诈的男人坐在司机的位置。博克瑟的厩棚空着。

动物们围着货车,异口同声地说:"再见,博克瑟!再见!"

"一群笨蛋!一群白痴!"本杰明大声叫喊,绕着他们跳来跳去,还用他的小蹄子跺着地面:"一群蠢货!你们难道没看见车身上写着什么吗?"

动物们停顿下来,一片沉默。穆丽尔开始拼读那些字。可本杰明把她推到一边,在死一般的沉寂中,他念道:

"'阿尔弗雷德·西蒙兹,屠马商和煮胶商,威灵顿。皮革和骨粉经销商。提供狗舍。'你们不明白那是什么意思吗?他们要把博克瑟拉到屠马场去!"

所有的动物都爆发出一阵恐惧的哭喊。就在这时,车上的那个人扬起鞭子对马一阵猛抽,马车一溜小跑快速驶

Animal Farm | 动物庄园

——*Animal Farm* | 动物庄园 ——

出院子。所有的动物都在后面跟着，高声叫喊着。克洛弗奋力挤到前面。货车开始加速，克洛弗也试图抬起她那粗壮的四肢飞速奔驰，达到了慢跑的速度，"博克瑟！"她哭喊着，"博克瑟！博克瑟！博克瑟！"就在这时，博克瑟好像听到了外面的喧嚣声，他的脸，有着一道直达鼻子的白毛，在货车后面的小窗户里出现了。

"博克瑟！"克洛弗凄厉地哭喊，"博克瑟！出来！快出来！他们要拉你去送死！"

所有的动物开始哭喊起来，"出来，博克瑟，出来！"但货车已经加速，拉开他们好远了。不确定博克瑟是不是听明白克洛弗说的那些话。但片刻之后，他的脸从窗户那里消失了，车里面响起一阵巨大的马蹄踢踏声。他在试图踢开车子出来。要是以前，博克瑟只要几下，他的蹄子就能把货车踢成碎片。可是，唉！他已经没有力气了；不一会儿，马蹄的踢踏声渐渐变弱直至消失了。绝望中的动物们开始恳求拉货车的那两匹马停下来，"同志们，同志们！"他们大声喊道，"不要把你们的兄弟拉去送死！"但是那两个愚蠢的畜生，竟然愚昧得没明白发生了什么事，反而竖起耳朵加快速度。博克瑟的脸没有在窗户上再出现。有的动物想跑到前面关上五道门闩的大门，但是太晚了；转瞬间，货车就冲出了大门,快速消失在大路上。再也看不到博克瑟了。

三天后,有公告说他已经在威灵顿的医院里死去了,但是,他已经得到了一匹马所能得到的无微不至的照顾。斯奎拉过来向其他动物宣布这一消息。他说,在博克瑟生命的最后几小时里,他一直守护在他身边。

"那是我见到过的最感人肺腑的场面!"斯奎拉说,并抬起蹄子抹去一滴眼泪,"我守在他的床边直到最后一刻。临终前,他衰弱得几乎连话都说不出来了,他在我耳边低声说,他唯一遗憾的是在风车建成之前就死去了。'前进,同志们!'他低语道,'以起义的名义前进。动物庄园万岁!拿破仑同志万岁!拿破仑永远是对的。'这些就是他的临终遗言,同志们。"

讲到这里,斯奎拉的举止行为突然变了。他沉默了一会,那双小眼睛投射出怀疑的目光左右扫视了一下,才继续讲下去。

他说,据他所知,博克瑟离开的时候,一个愚蠢的、邪恶的谣言被四处传播。有的动物注意到拉走博克瑟的货车上标有"屠马商"的标记,就竟然妄下结论,说博克瑟被送到宰马场了。这几乎难以置信。斯奎拉说,竟有这么愚蠢的动物。当然,他愤怒地大声叫喊,摇着尾巴左右来回跳着,从这一点就能看出,他们真的了解他们挚爱的领袖,拿破仑同志吗?但是答案其实非常简单。那辆车以前是一个屠马商的,被兽医买下了,兽医还没有把之前的名字涂掉。正是这个原因,才让大家引起误会。

动物们听到这里都大大地松了一口气。斯奎拉继续进一步描绘博克瑟临终的细节,他的灵床,他所受到的极好的照顾,还有拿破仑为他支付贵重的药品而不考虑价格等等,他们最后的疑虑消失了,想到他们的同志至少是在快乐中死去的,他们的悲伤也缓和了。

在随后的那个星期天早晨的集会上,拿破仑亲自到会,发表了一篇简短的致辞悼念博克瑟。他说,把死去的同志的遗体拉回来埋葬在庄园里已经是不可能了。但他下令,用庄主院花园里的月桂花做一个大花圈,送去放到博克瑟的墓前。几天后,猪出于对博克瑟的敬意,还打算为他举行一个追悼宴会。拿破仑以博克瑟最喜欢的两句格言结束了讲话,"我会更加努力工作"和"拿破仑同志永远是对的"——在提到这两句格言时,他说,每个动物都应该从心底接受这两句话,并在实践中得以落实。

到了预定举行宴会的那一天,一辆杂货商的货车从威灵顿驶来,把一只大木箱递送到庄主院。那天晚上,庄园里响起一阵喧嚣的歌声。在此之后,又响起了另一种像是激烈争吵的声音,直到约十一点钟的时候,在一阵巨大的玻璃破碎声中才停下来。直到第二天中午前,庄主院没有任何动静。又有谣言传出,说猪不知从什么地方得到了一笔钱,又给他们自己买了一箱威士忌。

第十章

岁月流逝,四季交替,寿命短的动物相继死去。现在,没有谁能记得起义前的那些日子了,除了克洛弗、本杰明、乌鸦摩西和一些猪之外。

穆丽尔死了,布鲁贝尔、杰西和平彻都死了。琼斯也死了——他死在本郡县另一个地方的一个酒鬼家里。斯诺博尔被忘记了。博克瑟也被忘记了,除了少数几个认识他的动物记得他之外。克洛弗现在也是一匹老马了,她又矮又胖,关节僵硬,眼里总是有着稀稀的黏液。她已经超过退休的年龄两年了。但实际上,从来没有一个动物真正退休。留出大牧场的一角给退休动物享用的话题也不再讨论了。拿破仑现在已是一头重达三百三十六磅的成熟的公猪。斯奎拉胖得连睁开眼睛都困难。只有老本杰明,除了鼻子和嘴附近的毛有点儿变灰之外,差不多还和过去一样。还有一点,自从博克瑟死后,他比以前更加孤僻,更加不爱说话了。

现在，庄园里有了更多的动物，尽管增长的数目没有早些年所期望的那么大。对于很多后来出生的动物而言，起义只不过是一个口口相传的模糊的传说，而对于那些买来的其他动物。在他们到来之前，就从来没听说过起义这件事。庄园现在除了克洛弗之外，还有三匹马。他们都是强健有活力的动物，乐于工作，都是好同志，但是都非常蠢笨。看起来，他们中没有谁能学会字母表上"B"以后的字母。关于起义和动物主义原则的事，凡是他们所听到的，都全盘接受，特别是克洛弗说的话，他们对克洛弗的尊敬几乎都成孝顺了。但是，他们对此是否都非常明白，这却是值得怀疑的。

庄园现在更加繁荣兴旺，也更加井然有序了：庄园通过从皮尔金顿先生那里买来的两块地扩大了面积。风车最终也成功建成了，庄园拥有属于自己的一台脱粒机和一台草料升降机，还增加了各种各样的新建筑。温伯尔也给自己买了一辆轻便双轮马车。但是，风车最终没有用来发电，而是用来碾磨谷物，并带来了一笔相当大的利润。动物们正在为建造另一座风车而辛苦劳作；据说，等这一座建成了将要安装发电机。但是，斯诺博尔当年谈论风车时引导动物们梦想的那种奢华生活，带电灯和有冷水、热水的窝棚，

Animal Farm
动物庄园

Animal Farm 动物庄园

每周工作三天等，都不再谈及了。拿破仑谴责这样的想法是与动物主义精神相背离的。他说，最真实的幸福在于工作勤奋和生活俭朴。

不知道为什么庄园看上去好像变得更加富有了，但动物们自己却一点儿也没有变得富有，当然，除了猪和狗之外。也许，这其中的部分原因是有很多猪和狗吧。这并不是这些动物不劳动，而是他们都以自己的方式劳动。正如斯奎拉不厌其烦解释的那样，在庄园的监管和组织方面，有着没完没了的工作，很多这种工作是那种其他动物太无知而无法理解的。比如，斯奎拉告诉他们，猪每天在所谓的"文件"、"报告"、"会议记录"和"备忘录"等难解的事情上要花费大量的劳动。那些都是一张一张的大纸，上面必须密密麻麻地写满字，而一旦写完，还得把它们放到火炉里烧掉。斯奎拉说，这对于庄园的幸福安宁是至关重要的。但到目前为止，无论是猪还是狗，都没依靠自己的劳动生产过任何食物，而他们的数量很多，胃口也一直很好。

至于其他动物，就他们所知，他们的生活还是一如从前。他们普遍都处于饥饿中，睡在稻草上，喝池塘里的水，在地里劳累，冬天被寒冷折磨，夏天又被苍蝇困扰。有时候，他们中的年长者绞尽脑汁，想从他们模糊的记忆中试图确定在早期起义的那些日子里，琼斯刚被驱逐的时候，情况比现在是更好还是更糟糕，他们都不记得了。他们没有什么事情能和现在的生活相比较：除了斯奎拉的一系列数字以外，他们没有任何根据来比较，而斯奎拉的数字总是表明，一切事情正变得越来越好。动物们发现这个问题难以解释。不管怎样，他们现在很少有时间去思考这种事情。只有老本杰明自称记得自己漫长生命中的每一个细节，还懂得事物过去从来没有，将来也不会好很多或差很多——所以他说，饥饿、苦难、失望是生活不变的法则。

然而，动物们从来没有放弃希望。而且，作为动物庄园的一员，他们从来没有失去过自己的荣誉感和优越感，即便是一瞬间也没有过。他们的庄园仍然是全郡——整个英格兰——唯一由动物们所有和管理的庄园。他们中没有谁，就连最年轻的，甚至是那些来自十英里或二十英里远的庄园的新成员，无不对此赞叹不已。当他们听到鸣枪的隆隆声，看到绿色的旗帜在旗杆上飘扬，他们心中就充满了不朽的自豪，话题常常就转到往昔那些英勇的岁月，驱逐琼斯、书写"七戒"、打败人类侵略者的伟大战斗。旧日的梦想没有一个被丢弃。梅杰预言过的"动物共和国"，那时英格兰绿色的田野不再有人类足迹的践踏，依然被大家所信仰。这总有一天会来临：也许不会很快，也许不会在任何现在活着的动物的有生之年来临，但它终究要来临。就连《英格兰动物》的曲子也许还在到处被偷偷地哼唱，不管怎样，这是事实，庄园里的每个动物都知道它，只是没有谁敢大声唱。他们的生活也许很艰苦，他们的希望也许没有全部实现，但他们都知道，他们和别的动物不一样。如果他们挨饿，那也不是因为把食物拿去喂养了残暴的人类；如果他们干活辛苦，至少他们是在为自己劳动。他们中间，没有动物用两条腿走路，没有动物称呼其他动物为"主人"。所有动物一律平等。

　　初夏的一天，斯奎拉命令羊跟着他出去，把他们领到庄园另一头的一块荒地上，那上面长满了桦树苗。在斯奎拉的监督下，羊在那里吃了一整天树叶子。晚上，斯奎拉独自返回了庄主院，但是他告诉羊说，因为天气暖和了，就待在荒地上过夜吧。羊在那里待了整整一个星期。在此期间，其他动物都没见过他们。斯奎拉每天花大部分时间和他们待在一起。他解释说，他正在教他们唱一首新歌，所以需要不受干扰的环境。

　　那是一个愉悦舒适的傍晚，就在羊回来后不久，动物们也收工了，正走在返回窝棚的路上，这时，从院子里传来了一声马的惊恐嘶叫声。动物们都吓得停下脚步。这是克洛弗的声音。她又嘶叫起来，于是，所有的动物都飞奔着冲进院子里。接着，他们看到了克洛弗看到的情景。

是一头猪正在用后腿走路。

是的，是斯奎拉。他有点儿笨拙，好像还不太习惯用这种姿势支撑他那巨大的躯体，但却保持近乎完美的平衡，他溜达着穿过院子。过了一会儿，一些猪排着长长的队伍从庄主院的门里走出来，全都用后腿在走路。有的走得比其他的要好些，有一两头甚至还有点儿不稳当，看上去好像他们原本更需要一根棍子来支撑，不过，每头猪都成功地绕着院子走了一圈。最后，在一阵非常吵闹的狗叫声和那只黑公鸡尖细的啼叫声中，拿破仑自己走出来了，他威严地直立着，傲慢的目光左右扫射，他的狗则嬉戏蹦跳地蜂拥在他的周围。

他蹄子中拿着一根鞭子。

一阵死一般的寂静。动物们挤作一团，既惊讶又恐惧，看着那一长队猪绕着院子缓慢地行进。好像这世界已经完全颠倒过来了。然后，当最初的震惊逐渐消失的时候，有那么一瞬间，他们不顾一切——不顾他们对狗的恐怖，不顾长年养成的习惯，不管发生什么，都从不抱怨，从不批

Animal Farm
动物庄园

———*Animal Farm* 动物庄园———

评——他们可能要表达一些抗议的话语了。但就在那时刻，好像是接到信号一样，所有的羊都爆发出一阵震耳欲聋的咩咩声——

"四条腿好，两条腿更好！四条腿好，两条腿更好！四条腿好，两条腿更好！"

叫嚷声持续了五分钟没有停歇。等羊安静下来的时候，已经错过了表达任何抗议的机会了，因为猪已列队返回庄主院了。

本杰明感觉到有一个鼻子在他肩上磨蹭。他回头一看，是克洛弗。她的一双老眼比之前更加暗淡了。她没说什么，只是轻轻地拉着他的鬃毛，领着他转到大谷仓那一头，"七戒"就写在那里。他们站在那里盯着写有白色字体的涂过柏油的墙壁，足足有一两分钟。

"我的视力不行了"，她终于说话了，"就是年轻时，我也不会读那里写的东西。可是我看那墙好像不同了。'七戒'还和过去一样吗，本杰明？"

仅此一次，本杰明同意破个例，他把墙上写的东西念给她听。现在那上面除了一条戒律外就没有什么了。它是这样写的：

所有动物一律平等
但有些动物比其他动物更平等

从那以后,当第二天所有的猪都用蹄子拿着鞭子在庄园里监督干活时,就似乎不以为奇了。当得知猪给他们自己买了一台无线电收音机,并正在准备安装一部电话,而且还订阅了《约翰牛报》《花絮八卦报》及《每日镜报》等等,也似乎都不足为怪了。当看到拿破仑在庄主院花园里闲逛时,嘴里叼着一根烟斗,也似乎见怪不怪了——是的,甚至是猪从衣柜里拿出琼斯先生的衣服穿在身上也没什么好奇怪的了,拿破仑自己就穿着一件黑外套,一条狩猎装马裤,还有皮绑腿,而他最宠爱的母猪则穿上了波纹绸裙子,那是琼斯夫人过去常在星期天穿的。

一周后,一天下午,许多轻便的双轮马车开往庄园。一个由邻近的庄园主组成的代表团,应邀来观光考察。他们被带领着参观了整个庄园,并对所看到的每件事都表示高度赞赏,尤其是对风车。动物们正在萝卜地里除草,他们干活非常勤勉,一直看着地里,很少抬起头来,不知道他们是更害怕猪呢,还是更害怕来参观的人。

那天晚上,从庄主院里传来阵阵哄笑声和歌声。突然,这种混杂的声音激起了动物们的好奇心。那里发生了什么？因为这是动物和人类第一次在平等的关系下见面聚会。他们不约而同地尽可能轻悄悄地开始往庄主院的花园里走去。

到了门口，他们停下了，多半是因为害怕不敢再往前走，但克洛弗带头进去了，他们踮着蹄子一直走到房子跟前，那些个头高的动物从餐厅的窗户往里张望。那里，那张长桌子的周围，坐着六个庄园主和六头最有名望的猪，拿破仑自己坐在桌子上首的主人的位置上，猪坐在椅子上完全是一副安逸舒适的神态。这群猪和人一直都在兴致盎然地玩扑克牌，但中间中断了一会儿，显然是为了举杯祝酒。一个大壶被传来传去，杯子里一直添满啤酒。谁也没有注意到窗户上有很多疑惑的面孔正凝视着里面。

福克斯伍德庄园的皮尔金顿先生站了起来，手里端着杯子。他马上说，他要请在座的各位干杯。但在这之前，他感觉得先说几句话。

他说，他非常高兴——他相信，其他在场的各位也非常高兴——感觉长期以来的怀疑和误解现在已经结束了。曾经有这样一段时间，无论是他自己，还是在座的各位，都不认同这种观点。有一段时间，尊敬的动物庄园的所有者曾受到他们的人类邻居的关注，他不愿说是带着敌意，而或许应该

Animal Farm
动物庄园

——*Animal Farm* | 动物庄园——

说是出于一定程度上的疑虑。不幸的事件曾发生过，错误的观念也曾流行过。一个由猪所有并经营管理的庄园的存在也不知为什么曾让人感觉不太正常，而且容易给邻近庄园带来动乱不安的影响。很多的庄园主没有做充分的调查就想当然地认为，在这样的庄园里，肯定弥漫着一种为所欲为无组织无纪律的歪风邪气。他们担心这会影响到他们自己的动物，甚至影响他们的人类雇员。但所有的这些怀疑现在都消除了。今天，他和他的朋友们参观了动物庄园，亲眼观察了庄园的每一寸土地。他们发现了什么呢？这里不仅有最新潮的方法，而且纪律严明，秩序井然，这应该是各地庄园主的榜样。他相信，他敢肯定说，动物庄园的下层动物，比郡内任何动物干的活都要多，而吃的食物都要少。确实，他和他的同行参观者们今天看到了很多有特色的东西，他们打算马上把这些东西引进到自己的庄园里。

他说，在结束讲话之前，要再次强调在动物庄园及其邻居之间已经存在的友好的感情，应当持续下去。在猪和人之间没有，也不应该有任何利益上的冲突。他们的奋斗目标和遇到的困难都是一样的。劳工问题到处不都是相同的吗？讲到这里，显然皮尔金顿先生打算给大家抛出一句经过仔细揣摩的妙语，但他好一会儿都忍俊不禁，说不出话来，憋了好一会儿后，他多层次的下巴都发紫了，最后总算说出来了。"如果你们有你们的下层动物需要对付，"他说，"我们有我们的下层阶级！"这一妙语引起满座的人哄堂大笑，皮尔金顿先生为他在动物庄园里看到的饲料定额少、劳动时间长，普遍没有松懈放纵的现象等等再次向猪表示祝贺。

他最后说道，那么现在，他要请各位站起来，把各自的酒杯斟满。"先生们，"皮尔金顿先生在结束时说，"先生们，我敬你们一杯：为动物庄园的繁荣兴旺干杯！"

屋子里响起一片热烈的欢呼声和跺脚声。拿破仑心满意足，他离开座位，绕着桌子走向皮尔金顿先生，和他碰了杯便一饮而尽了。欢呼声一平息下来，依然靠后腿站立着的拿破仑示意，他也有几句话要说。

就像拿破仑所有的演讲一样，这一讲话简明中肯，直击要点。他说，他也为那个误解的时代的结束而高兴。曾经很长一段时间流传着这样的谣言——他有理由认为，这些谣言是一些敌人恶意传播的——说他和他同僚的观点中，有一种颠覆性的甚至是革命性的东西。他们一直被认为是企图煽动邻近庄园的动物们造反。没有什么事情能掩盖事实真相。他们唯一的愿望，不管是在过去还是现在，都是与邻居们和平相处，保持正常的贸易关系。他补充说，他有幸管理的这个庄园是一家合作性质的企业。他自己持有的那张地契，归猪共同所有。

他说，他相信任何旧的嫌疑都不会继续存在下去了，而最近对庄园的惯例又做了一些修正，这应该会进一步有效增进信任。到目前为止，庄园里的动物们还有一个相当愚蠢的习惯，就是彼此以"同志"相称。这要废除。还有一个非常奇怪的习惯，不知道其来源是什么，就是每个星期天早上，要列队走过花园里一个钉在木桩上的公猪头盖骨。这也要废止，头盖骨已经埋了。来宾们可能也已经看到那面旗杆上飘扬着的绿色旗帜。如果是这样的话，他们也许已经注意到，以前在旗帜上标记的白色蹄子和犄角现在已经没有了。从今以后将是一面纯绿色的旗帜。

他说，对于皮尔金顿先生的精彩而友善的演讲，他只有一点不同意见需要指出。皮尔金顿先生自始至终提到"动物庄园"，他当然不知道了——因为就连他拿破仑也才是第一次宣告——"动物庄园"这个名字被废除了。从今以后，庄园将被称为"曼纳庄园"——他相信，这个名字才是它真正的原本的名字。

"先生们，"拿破仑总结说，"我将给你们和刚才一

Animal Farm
动物庄园

————*Animal Farm* | 动物庄园 ————

样的祝词,但是以不同的形式。请满上这一杯。先生们,这就是我的祝词:为曼纳庄园的繁荣兴旺干杯!"

和刚才一样,响起了一阵同样真诚而热烈的欢呼声,酒杯也都空了,一滴不剩。但当外面的动物们凝视着这一场面时,他们似乎看到了,有一些奇怪的事情正在发生。猪的嘴脸发生了什么变化呢?克洛弗的昏花老眼从一副嘴脸掠过另一幅嘴脸。他们有的有五个下巴,有的有四个,有的有三个,但是有什么东西好像正在消融和改变呢?然后,掌声结束了,这些人和猪们又拿起扑克牌,继续玩刚才被中断的游戏,外面的动物无声无息地离开了。

但他们还没走出二十码,就突然停住了。从庄主院里传出一阵大吵大闹的声音。他们奔回去又透过窗户朝里面看。是的,激烈的争吵正在进行。有大喊大叫声,有乒乒乓乓捶打桌子的声音,有疑神疑鬼的锐利的目光,有暴如雷的矢口否认。纠纷的起因好像是拿破仑和皮尔金顿先生同时打出了一张黑桃 A。

十二个声音正在愤怒地喊叫,它们何其相似啊!现在,不用质疑猪的嘴脸发生了什么变化。外面的动物从猪看到人,又从人看到猪,再从猪看到人;但已经不可能分清哪个是猪,哪个是人了。

图书在版编目（CIP）数据

动物庄园 /（英）乔治·奥威尔著；振宇英语图书中心译.
-- 北京：北京时代华文书局，2018.3
ISBN 978-7-5699-2286-8

Ⅰ.①动… Ⅱ.①乔… ②振… Ⅲ.①长篇小说－英国－现代
Ⅳ.① I561.45

中国版本图书馆CIP数据核字（2018）第033450号

动 物 庄 园
Dongwu Zhuangyuan

著　者｜[英]乔治·奥威尔
译　者｜振宇英语图书中心

出 版 人｜王训海
选题策划｜余　玲
责任编辑｜周海燕　黄思远
装帧设计｜程　慧
责任印制｜刘　银

出版发行｜北京时代华文书局 http://www.BJSDSJ.com.cn
　　　　　北京市东城区安定门外大街 138 号皇城国际大厦 A 座 8 楼
　　　　　邮编：100011　　电话：010-64267955　64267677

印　　刷｜三河市兴博印务有限公司　0316-5166530
　　　　　（如发现印装质量问题，请与印刷厂联系调换）

开　本｜880mm×1230mm　1/32　　印　张｜4.5　彩插8面　字　数｜70千字
版　次｜2018年8月第1版　　　　　印　次｜2018年8月第1次印刷
书　号｜ISBN 978-7-5699-2286-8
定　价｜39.80元（精）

版权所有，侵权必究